Laeti Kane

BEACH PLEASE #1

Beach Please #1 ~ Laeti Kane

© 2022 Laeti Kane @2018 Bleu Caramel – Laeti Kane

Le Code de la propriété intellectuelle n'autorisant, aux termes des paragraphes 2 et 3 de l'article L.122-5, d'une part, que les "copies ou reproductions strictement réservées à l'usage privé du copiste et non destinées à une utilisation collective" et d'autre part, sous réserve du nom de l'auteur et de la source, que les "analyses et les courtes citations justifies par le caractère critique, polémique, pédagogique, scientifique, ou d'information", toute représentation ou reproduction intégrale ou partielle, faite sans le consentement de l'auteur ou de ses ayants droit ou ayants cause, est illicite (article L.122-4). Cette représentation ou reproduction, par quelque proceed que ce soit, constituerait donc une contrefaçon sanctionnée par les articles L. 335-2 et suivants du Code de la propriété intellectuelle.

Auto édition : Laetitia Collin
24200 Sarlat-la canéda

Édition : BoD – Books on Demand, info@bod.fr
Impression : BoD – Books on Demand,
In de Tarpen 42, Norderstedt (Allemagne)
Impression à la demande

Illustration : MrBig Photography
Graphiste : 2LI (www.2li.fr)

ISBN : 978-2-3224-3784-9
Dépôt légal : Juillet 2022

PREFACE

Il fut un temps où ce roman s'appelait « Bleu Caramel » paru en première édition en décembre 2015. Il a d'abord été écrit à la troisième personne, puis est passé à la première, a vécu un an en maison d'édition avant de redevenir indépendant. Aujourd'hui, il s'est refait une beauté ! Canon, pas vrai ?

Je tiens à préciser que certaines expressions sont celles que j'utilisais dans ma cité quand j'avais le même âge qu'Émilie et ses ami.es. Je sais que ça surprendra certaines personnes mais j'ai tenu à les garder : ça représente bien le style de mes personnages. Mais rassurez-vous, c'est compréhensible ^^

Tout au long du travail sur ce roman, j'ai écouté de la musique. J'adore ça, ça m'inspire ! Je cite plusieurs chansons alors j'ai pensé que ce serait sympa de partager avec vous ma playlist. À écouter en bouquinant, sur Spotify, si vous le souhaitez.

Maintenant je vous laisse vous plonger au cœur de cette romance à la playa. On se retrouve à la fin ! Bonne lecture !!!

Chapitres

© 2022 Laeti Kane @2018 Bleu Caramel – Laeti Kane 3
1. Plan B. 9
2. Holidays ! 22
3. Vamos a la playa ! 29
4. Est-ce que tu viens pour les vacances ? 36
5. Et là, c'est le drame ! 43
6. Pas touche… 59
7. Girls just wanna have fun. 76
8. Sha-la-la-la-la-la, my oh my… 97
9. Ce qui se passe en mer, reste en mer. 103
10. On ne laisse pas bébé dans un coin. 118
11. Good girl gone bad. 129
12. Celui-dont-on-ne-prononce-pas-le-prénom. 141
13. Faut pas pousser mémé dans les orties. 153
14. Karma ? 168
15. Les amis sont des trésors. 172
16. J'ai le coeur grenadine. 183
17. La vie c'est comme une boîte de chocolats. Faut pas laisser les autres te la bouffer ! 186
18. Et puis un jour… 195
Epilogue. Et ça continue encore et encore… 203

Beach Please #1 ~ Laeti Kane

1. Plan B.

Ça fait au moins dix minutes que je fixe l'horloge. Nous sommes le dernier vendredi de juillet, il est 17 h 52. Plus que huit minutes et je serai en vacances ! Trois semaines à me la couler douce.

Et lorsque l'on connaît ma chef, on sait que c'est plus que mérité. Elle prend un malin plaisir à fourrer son nez partout en se prenant pour Dieu. Avec son air condescendant qui donne juste envie de la claquer. On dirait Negan dans les comics de « The Walking dead », en moins sexy. Tout le monde la déteste et je me demande franchement comment elle peut gérer ça. Ça doit être difficile de venir chaque matin bosser en sachant pertinemment que tout le monde prie pour que vous disparaissiez, peu importe comment. Encore, ceux qu'on n'apprécie pas, ça passe. Mais tous ? Remarquez, c'est peut-être là le secret de ma DRH : elle méprise trop les gens du boulot pour que ça la touche. Ils n'ont aucune espèce d'importance pour elle. Mais bon ! Pourquoi je pense à ça maintenant ? Le temps d'éteindre l'ordinateur, rassembler mes affaires, mettre le répondeur de la société en route et… ça y est, je suis fruiiiiiit ! Enfin, free[1] quoi.

Je vérifie une toute dernière fois que je n'ai rien oublié pour que ma remplaçante s'en sorte et je quitte mon poste d'accueil. La porte se referme derrière moi et je prends une grosse bouffée d'air parisien. Pollué, certes, mais appréciable car aujourd'hui c'est l'air de la liberté. Rien que ça !

---

[1] Libre.

Le soleil tape fort en cette fin d'après-midi, à tel point que le bitume donne l'impression de fumer. Faisant glisser les lunettes de soleil en cœur sur mon petit nez retroussé, je prends la direction du Forum des Halles. Dix minutes de marche à pied en passant devant le Centre George-Pompidou, rien de tel pour me lancer dans les vacances. Voir tous les touristes armés de leur appareil photo ou caméscope, les gosses léchant goulûment leurs glaces aux couleurs douteuses, la queue dans les boutiques de souvenirs... Paris en été c'est quand même quelque chose. Comme si la ville subissait une de ses nombreuses transformations. On devrait la surnommer : la capitale caméléon.

L'an passé, je n'avais pas eu de congés puisque je commençais tout juste dans la boîte, mais j'avais apprécié le mois d'août en ville. Cette année, je n'en profiterai pas mais j'aurai bien mieux à faire. Dimanche, je pars avec ma meilleure amie dans le sud !!! Un de mes amis nous prête sa maison. En échange, on s'occupera de ses plantes, ses poissons et ses chats ; une aubaine pour profiter d'une maison à Six-Fours-les-Plages, du côté de Toulon.

En fait, c'est la première fois que je pars depuis mes 18 ans. Auparavant, c'étaient colonies de vacances organisées par les foyers, ce que je détestais pour la simple raison que ça ne ressemblait pas à l'idée que je me faisais des vacances : toujours les mêmes personnes, les mêmes lieux, la même ambiance. Bien entendu, comparé à ceux qui ne partaient jamais, ce n'était pas si mal, j'imagine... Bref. Cette fois-ci, je vais m'éclater ! J'ai économisé pour ne pas me priver, et avec Sophie on a prévu des tas d'activités. J'ai tellement hâte ! Ça va être démentiel !

Avant de retourner chez moi, je décide de me faire une toile, histoire de me relaxer totalement. Après avoir parcouru les affiches, j'opte pour un dessin animé. J'ai 23 ans mais j'ai conservé mon âme d'enfant. En même temps, je ne suis pas si loin de l'adolescence quand on y pense. J'ai bien le temps de devenir une véritable adulte, non ? Enfin, si vraiment c'est obligatoire.

Rituel oblige, je passe d'abord au Starbuck Coffee. Une fille au physique de top model qui se laisse mourir de faim me regarde de travers, comme si lorsqu'on fait 1 m 65 pour 70 kg on n'avait pas le droit de mettre les pieds ici, ni même de manger tout court. Ça m'agace mais je l'ignore. Je rejette mes cheveux roux ondulés, bombe ma poitrine généreuse et commande mon habituel choco chip tall et une part de carrot cake. Dire que j'ai observé ce gâteau pendant deux ans avant de me lancer. Je ne sais pas pour vous, mais moi, l'inconnu me fait toujours peur. Par conséquent, changer mes habitudes aussi. Oui, j'ai un petit côté mémé, sans doute. Et puis, il faut avouer aussi qu'un gâteau à la carotte ça ne fait pas rêver de prime abord. Alors, comment me suis-je décidée ? Un soir, après une énième dispute avec mon ex, je me suis dit qu'il était temps que les choses changent. Et tout naturellement, le changement a commencé avec une part du fameux gâteau plutôt que l'éternel muffin aux myrtilles. Depuis, je suis totalement accro ! J'ai même appris à en faire pour ne pas me ruiner.

La serveuse me demande mon prénom : Émilie. Rien d'original mais j'aime bien. J'aurais pu m'appeler Clitorine ou Euthanasia. Je vous jure que ça existe, je l'ai vu sur le Net. C'est chaud !

Je récupère la commande à mon prénom et vais m'asseoir sur l'un des fauteuils de l'établissement pour déguster mes petits plaisirs. J'en profite pour observer la foule qui déambule non-stop dans le Forum des Halles. Ce lieu ressemble à une fourmilière gigantesque. Petit à petit, je fais abstraction des bruits de pas claquant sur le sol, du cafouillis des bribes de discussions dans diverses langues, de toutes les nuisances qui m'entourent. J'ai toujours eu cette aptitude qui me permet de faire le vide même dans les endroits les plus bondés. Je le fais depuis mon plus jeune âge. Non, je n'étais pas une enfant asociale mais vivre en foyer n'offre pas d'intimité et j'ai toujours eu besoin d'instants de calme pour retrouver un peu de sérénité.

Ma pseudo méditation est interrompue par les vibrations du téléphone portable qui se trouve dans la poche de mon pantalon. Il me faut quelques secondes pour réaliser de quoi il s'agit et le sortir. C'est un texto de ma meilleure amie, langage SMS :

Sophie : T'es où ? Faut que je te raconte 1 truc 2 ouf !

Je réponds aussitôt, intriguée, et sa réponse fuse :

Sophie : Ok, je passe chez toi ds 3h. Biz.

C'est tout ? Même pas un indice, un détail croustillant ? Mes épaules s'affaissent légèrement, je suis frustrée ! Sophie et son suspense. Elle peut en faire même pour des trucs du bidon.

Je souris et me ressaisis aussitôt : c'est certainement lié à l'actualité Facebook d'une connaissance, ou quelque chose dans le genre. Sûrement rien de transcendant en fait ; elle me fait souvent ce coup-là. Prenant mon mal en patience, je termine ma boisson et mon gâteau puis file vers les salles obscures.

Comme à mon habitude, je m'installe au premier rang, bien au milieu. Je suis myope mais ce n'est pas pour ça que je le fais puisque je porte des lentilles. C'est juste parce que j'aime allonger mes jambes et j'évite ainsi de me retrouver derrière un géant qui me cacherait le bas de l'écran. Ça évite également que je me retrouve entourée : il n'y a pas grand monde qui aime être juste devant. D'accord, dans le fond j'ai bien un côté antisocial. Mais je tiens à préciser que le 7e art est sacré pour moi et j'ai une sainte horreur de me retrouver à côté d'un piaffeur, de pipelettes, ou encore d'un pervers qui essaye de me tripoter en espérant que je serai trop intimidée pour râler – ce qui n'est pas mon cas. En tout cas, là, pas l'ombre d'un enquiquineur. Le générique débute, je m'installe bien confortablement, prête à me laisser absorber par une histoire de petits animaux trop mignons.

Le dessin animé était drôle et touchant : une bouffée d'air frais. Exactement ce qu'il me fallait pour rentrer chez moi le sourire aux lèvres, la tête vidée. J'ai totalement abandonné mes prises de tête liées au travail. Je suis tout à mes vacances avec Sophie. En me dirigeant vers la ligne 14, je lui envoie un texto pour la prévenir que je quitte le forum des Halles :

Moi :Suis chez moi ds 20mn max.

Puis je consulte mes notifications Facebook pour passer le temps dans le métro. Une de mes copines a changé sa couleur de cheveux, ce qui la vieillit. Dois-je lui donner mon avis ? J'hésite mais les goûts et les couleurs ne se discutent pas, je n'ai pas non plus envie de la vexer pour rien. À part ça, rien de neuf. Ah, si, une invitation comme amie envoyée par… une fille du lycée : Céline Morand. Ça, pour une surprise ! Depuis combien de temps n'ai-je pas entendu parler d'elle ? À l'époque, on a eu de super moments ensemble, mais aussi de grosses prises de bec qui m'ont conduite à rompre tout contact. Céline était du genre possessif et étouffant. Du coup, j'hésite. J'accepte ou pas ?

Après une minute de réflexion, je décide que ça ne me coûte rien. Ce n'est que Facebook, et puis, de l'eau a coulé sous les ponts en cinq ans. Je saurai mettre le holà si ça dérape et si ça se trouve, on s'entendra très bien. Ou ne se verra même pas en chair et en os. Je clique sur *accepter* et voilà que je suis déjà à ma station.

Cinq minutes de marche, j'arrive en bas de mon immeuble où m'attend Sophie, visiblement excitée comme une puce, vu comme elle me saute dessus pour me faire la bise.

— Ma Kaye !!!

C'est notre surnom à chacune, comme une caille mais version plus cool. Il y en a bien qui s'appellent mon canard.

— Il m'est arrivé un truc de maladeeeee ! Comme dans les films !

— OK, OK, mais attends qu'on soit sur le canapé pour me raconter.

On se dépêche d'atteindre le deuxième étage et j'ouvre la porte en prenant soin de ne pas écraser le mini fauve qui m'attend toujours derrière. Je le prends dans mes bras pour le couvrir de baisers, laissant Sophie refermer à clé derrière nous.

— Je lui donne à manger et je suis à toi.

— Va ! T'as quelque chose de frais à boire ?

— Je dois avoir des sodas.

Je réfléchis un instant et visualise le contenu de mon frigo.

— Ou du lambrusco.

— Lambrusco, bella ! lâche Sophie en s'affalant sur mon Clic-Clac.

Je sers mon bébé glouton qui se jette sur les croquettes comme s'il n'avait pas mangé depuis des jours. Je lui remets de l'eau fraîche et jette un œil à sa caisse : ça peut attendre demain. Il faudrait quand même qu'il apprenne à recouvrir ses crottes, ce petit goret ! Cette pensée me fait sourire. Gibbs n'a que 4 mois, il est encore maladroit et foufou. Je le retrouve régulièrement coincé dans des poses ou lieux impensables. Mais le plus amusant est lorsqu'il veut un câlin de Sophie. Ma meilleure amie a si peur des chats qu'elle le repousse gentiment, raide comme un piquet, mais le rouquin pense qu'elle joue et devient dingue, si bien qu'elle se croit attaquée et oscille entre cris et pleurs. Pire quand il se faufile sur le dossier du canapé et saute dans sa coupe afro. Folklo ! Pour le moment, il est occupé, nous avons donc un peu de répit.

J'attrape deux verres, le tire-bouchon, la bouteille dans le frigo, quelques tomates cerises et mets le tout sur un plateau que je pose sur la table basse.

— Je n'ai plus que ça, j'ai vidé le frigo.
— C'est nickel.
— Tu peux commencer.
— Ahhh !

J'ouvre la bouteille et nous sers tandis que Sophie, bouillant d'impatience, commence son récit. Et quand on la connaît, on sait que ça sera comme regarder un *one woman show*. Elle est du genre à accompagner ses phrases de grands gestes et à parler fort, avec des expressions bien à elle que j'adore. Un véritable boute-en-train sur ressorts.

La voici donc qui raconte d'abord sa journée d'il y a trois jours, qui avait mal commencé : toujours pas de piste pour un boulot dans sa branche, elle devient folle à vendre des forfaits et mobiles dans un magasin spécialisé. Ses collègues sont lourdingues, surtout le manager qui a toujours mauvaise haleine et qui, bien sûr, souhaite régulièrement lui parler en tête à tête.

— Bref ! Voilà qu'il entre. Beau... mais beau ! Mon style, quoi ! Et il est venu me voir direct. Alors je tape mon smile[2] qui tue et je m'occupe de lui comme d'un roi. Sauf que, il ne voulait pas de portable ! Figure-toi que ça fait une semaine qu'il passe devant la boutique pour me voir. ME voir ! T'imagines ?? MOI !!! C'est romantique, hein ?

Je la regarde, surprise, mais ne peux répondre car j'ai la bouche encombrée par une tomate. Pour moi, ça fait limite barjo quand même. Ce type lui plaît donc elle trouve ça classe mais s'il avait été moche ou vieux, elle l'aurait pris pour un maniaque. Comme dans la chanson

---

[2] Sourire.

« Shy » du groupe Sonata Artica. Tout paraît romantique quand le mec est bueno[3]. Comme quoi, tout est relatif.

Mais Sophie ignore ma réaction et continue son récit.

— Alors au début, je rigole, genre c'est quoi ce plan drague à deux balles ? Mais il avait l'air tellement sincère que je lui ai dit de m'attendre à la fermeture pour qu'on discute autour d'un verre.

— Cash ?!

— Bah écoute, on n'a qu'une vie hein !

J'ai envie de dire justement, on en a qu'une il faut faire attention aux tarés mais de toute façon, c'est déjà fait alors autant que j'écoute sans trop ramener ma fraise.

— Vu comme ça... Bon, continue !

— Donc ! Il vient à la fermeture et on va à l'Irish Pub.

— Y'a plus intime...

Sophie me jette un regard noir qui indique que je dois me passer de commentaires. Je me retiens de rire et l'invite à poursuivre.

— Déjà, c'est lui qui a payé tous mes verres. Pas radin. Bon point, non ?

J'approuve et termine justement mon verre. Je nous ressers toutes les deux en écoutant la suite.

— On parle de tout, de rien, de la famille, du taf, de Paris... En fait, il est de Lyon. Il est arrivé il y a cinq mois pour son taf, dans la pub. Deuxième bon point.

— Ah oui ! Peut-être qu'il pourra te pistonner.

— Possible. Je me noyais dans ses yeux...

Sophie, c'est aussi ça : elle passe du coq à l'âne sans transition. Ce n'est pas toujours évident de la suivre. Il faut un temps d'adaptation, mais on s'y fait. Ça peut même être drôle.

---

[3] Canon, beau, à croquer !

J'écoute alors la description physique du bel inconnu jusqu'à ce que mon amie se souvienne qu'il lui a envoyé une photo sur WhatsApp.

— Regarde !

Elle me tend son téléphone, dévoilant un jeune homme : crâne rasé, joli sourire et yeux rieurs. Il est plutôt mignon.

— Pas mal, oui.

— Arrêteeee ! C'est une bombe !

Je n'irais pas jusque-là mais encore une fois : chacun ses goûts. Ceci dit, le nouveau bad boy de mon amie – elle les collectionne – est charmant et effectivement bien son style. D'ailleurs, Sophie s'extasie un moment dessus tout en faisant sa pub comme si elle voulait me le vendre. Il faut que je la calme sinon ça n'en finira jamais.

— Tu veux que je te tombe amoureuse de lui ou quoi ? Raconte-moi la suite !

— Oui, s'cuse moi. Dans le pub, c'était ouf, on se regardait... c'était intense. Comme si on n'avait pas besoin de parler. Puis à un moment, il a effleuré ma main et là, ma Kaye, c'était comme si y'avait plus personne autour de nous. Alors je ne te dis pas quand on s'est embrassés ! Mais je vais y venir. Donc...

Elle continue son compte rendu en détaillant tout et, par moments, j'ai l'impression d'avoir assisté à leurs rendez-vous. Oui, au pluriel, car ils se sont vus tous les jours. Comment a-t-elle pu me le cacher ? Si on n'avait pas déjà vidé la bouteille de vin, j'aurais été moins enthousiaste pour écouter la suite, je vous le dis. Je vais chercher du soda, le temps qu'une seconde bouteille, sortie du placard, rafraîchisse un peu au congélateur. Le vin tiède, c'est dégueu !

Il est bientôt 1 heure lorsque la nouvelle tombe, faisant l'effet d'une bombe. Mon taux d'alcool m'aide à rester zen.

— Tu comprends, ce n'est pas tous les jours qu'on tombe sur le grand Amour !

Comment contrer ce genre d'argument ? Ce n'est pas la première fois en trois ans que Sophie invoque le grand A pour expliquer ses actes, surtout quand elle sait que ça va chauffer pour son matricule. Mais là, il s'agit de nos vacances ! Comment peut-elle me faire un coup pareil ? Déjà, ne pas me parler de ce mec plus tôt... Je la regarde sans vraiment écouter le reste de son argumentation. Je suis trop abasourdie et préoccupée par l'impact que ça aura sur notre projet. Il est hors de question d'annuler en tout cas. D'abord parce que nous nous sommes engagées auprès de Lukas, et ensuite parce qu'on a trop rêvé de ce moment. J'ai besoin de partir !!!

— Tu es d'accord ?

— Pour ?

Je réalise que j'ai visiblement loupé un épisode.

— Tu y vas comme prévu et on te rejoint la dernière semaine.

— Deux semaines toute seule ?!

J'espère que j'ai mal compris. Même si j'en doute.

— Oui... mais je suis sûre que tu vas quand même t'éclater !

J'arque les sourcils, me demandant si Sophie ne se paye pas ma tête là. Moi, seule deux semaines et m'éclater ? Elle connaît mon caractère pourtant. Je ne suis pas du genre à aborder les autres pour me faire des potes. Je ne suis pas elle. Mon expression doit en dire long car ma soi-disant meilleure amie enchaîne.

— Lukas laisse son scooter, tu pourras sortir quand même et oublier l'autre con.

Ah oui, *l'autre*, celui dont on ne prononce pas le nom, tel le gros vilain dans « Harry Potter ». À dire vrai, je n'y pensais plus depuis... quatre jours. Un record. Merci Sophie. Je soupire. Quels choix est-ce que j'ai ? Si je fais une crise à Sophie, je vais lui gâcher son histoire et je n'ai pas envie d'avoir quelqu'un qui boude pour compagnie. Alors les solutions sont limitées. Je soupire.

Me connaissant, la jeune femme à la peau chocolat comprend qu'elle a gagné mais cherche à s'en assurer. D'une petite voix, elle me demande :

— Alors, ça marche, ma Kaye ?

Elle me fixe avec des yeux de chien battu et je ne peux m'empêcher de rire.

— OK. De toute façon, je ne vais pas me mettre entre toi et le grand Amour, hein.

— Ah !!! Je t'adore !!! T'es la meilleure !!!

Sophie me saute dessus, renversant une partie de son verre, et me fait un énorme câlin jusqu'à ce que Keen'V fasse chanter son téléphone.

— C'est lui !

Synchro, dis donc.

Excitée comme une pucelle, elle se jette sur son iPhone dernier cri pour répondre à son homme et lui annoncer la bonne nouvelle. Pendant ce temps, je termine la seconde bouteille de vin en me demandant si je saurai m'amuser seule. Est-ce là une épreuve pour me rendre plus sociable ? En tout cas, ce sera un véritable défi...

Je ne me souviens même pas m'être endormie et j'ai la tête dans le cirage. Gibbs me léchouille les doigts de pied, il doit donc être 7 heures. Pas besoin de réveil avec lui. Le cerveau embrumé, je me dirige tant bien que mal aux toilettes. Me saouler au vin était résolument une mauvaise idée. Comme toujours. Un coup d'œil à mon reflet dans le miroir me rassure : j'ai connu pire. Je baisse mon pantalon et ma culotte d'un seul coup et m'installe sur les WC où je retire le reste de mes vêtements tout en me soulageant. Autant ne pas perdre de temps.

Le petit ventre sur pattes m'a suivie et me réclame déjà son dû en se frottant à mes jambes. Je m'essuie et tire la chasse, jette mon linge dans le panier, me lave les mains. J'enfile rapidement un pyjama et me résous enfin à donner de la pâtée à Gibbs avant de me laisser retomber mollement sur le Clic-Clac. Quelque chose bourdonne et ce n'est pas dans ma tête. Qu'est-ce... ah, le téléphone ! Mon portable vibre sur la table basse, texto de Sophie :

Sophie : Kaye, tu t'es endormie alors je suis rentrée. Je passe avt que tu partes. U'RE ZE BEST [4]! Ta blackos.

Trop flemmarde pour bien lui répondre, j'envoie juste :

Emilie : OK biz.

Puis je tente de retrouver le sommeil.
Trop Tard. Il est passé. Après avoir tourné en rond pendant cinq minutes, j'allume la télé qui est sur une chaîne musicale. Parfait. Je reste allongée, fixant l'écran comme une demeurée.

Une heure et des câlinous à Gibbs plus tard, je décide qu'il est temps de prendre une douche. Il faut s'avouer vaincue : la grasse mat' ce n'est pas pour aujourd'hui.
Propre et plus fraîche, j'attaque ma valise. Pour ne rien oublier, j'ai fait une liste. En fait, j'en fais tout le temps : c'est un peu un TOC, je l'avoue. J'emporte cinq ensembles culotte et soutien-gorge, deux paires de chaussettes au cas où, trois robes, deux jupes, cinq tops, deux shorts et les incontournables tenues de soirée – trois différentes. Je

---

[4] You're the best : t'es la meilleure.

porterai sur moi le seul pantalon que j'emmène. J'ajoute une nuisette, deux maillots de bain achetés la semaine passée – dont un certainement trop sexy mais je me suis laissée convaincre par Sophie – une serviette de plage, un chapeau, de la crème solaire. Si le soleil parisien a un peu doré mes bras et mon décolleté, on ne peut pas en dire autant du reste. Je me fais penser à un poulet déplumé, il devient urgent d'y remédier. Quoi d'autre ? Mes affaires de toilette, du maquillage, mon épilateur électrique, quelques bijoux, mon appareil photo waterproof avec son câble et chargeur, le chargeur de secours de mon téléphone. Des chaussures, bien entendu : tongs, nu-pieds, de soirée et baskets. J'hésite à prendre mon ordinateur car Lukas en a un mais il n'aura pas Les Sims. Dilemme. Finalement je le laisse pour éviter de trop faire ma geek. J'opte pour deux livres à la place et, au pire, je m'en achèterai sur place. Un roman *girly* et le dernier Chattam qui, lui, va dans mon sac à main pour me tenir compagnie dans le train à l'aller. J'ai acheté une cage pour Gibbs et du Feliway.

Cette fois, tout doit y être. Le compte à rebours est définitivement lancé !

2. Holidays !

Le jour J est enfin arrivé. Après avoir bataillé avec mon petit monstre pour le faire entrer dans sa caisse de transport, je me suis fait accompagner à la gare par Sophie. Le train est à 7 h 45. Comme j'ai un changement à Toulon et plus de quatre heures à tuer, j'ai pris de quoi m'occuper mais aussi me ravitailler. Je me suis acheté un sac isotherme dans lequel j'ai mis une petite bouteille d'eau pour mon chaton et une bouteille d'eau congelée pour moi – ça restera frais lorsque j'aurai soif. J'ai aussi pris un sandwich en boulangerie, des friandises et une nectarine pour avoir ma dose de fruits et légumes.

Je ne suis pas du genre obnubilée par mon poids, je vis très bien avec mes rondeurs, mais ça ne m'empêche pas de faire attention. « Les excès, quels qu'ils soient, ne sont jamais bons » me disait toujours l'infirmière du collège. Il faut croire que cet adage m'est resté en tête.

Et puis, même si je me trouve plutôt jolie, il est indéniable que la société ne fait pas de cadeau ni aux maigres ni aux grosses. Après, la limite pour passer d'une catégorie à une autre dépend de celui qui vous regarde mais je sais bien que je n'entre pas dans la catégorie mannequin et je l'ai souvent payé. Des remarques déplacées, des regards mauvais, des refus, etc. Pourtant, je ne suis pas obèse (et quand bien même !). Je dirais que je suis juste un peu ronde.

Il y a aussi ma chevelure : je suis rousse. Un orange sombre qui rappelle la couleur des feuilles en automne ou du caramel. En toute sincérité, j'adore mes cheveux aujourd'hui mais – à s'entendre appeler « poil de carotte » ou se faire traiter de « boule puante » juste parce que je suis rousse – ça n'a pas toujours été le cas. Les gens, et pas que les gosses, sont tellement mauvais par moments. Heureusement pas tous, mais un paquet, avouons-le. Bref.

Loin de ces constatations déprimantes, j'enlace une dernière fois ma meilleure amie qui me promet cette fois de me tenir informée de l'avancée de son histoire d'amour.

Je monte dans le train et m'installe au siège que j'ai réservé côté fenêtre, sourire aux lèvres. Rien ne pourra m'empêcher d'être heureuse en ce jour.

Quand le contrôleur siffle le départ, je fais de grands signes à ma meilleure amie qui court après le train jusqu'à ce que ses talons hauts la stoppent. Ça me fait rire.

Ça me fait vraiment bizarre qu'elle ne m'accompagne pas, comme un pincement au cœur, mais je me reprends aussitôt. Je suis en vacances !!! Il n'y a même pas de voisin de voyage barbant ou à l'hygiène douteuse. Une fois, je suis tombée sur une vieille bavarde qui puait la vinasse, la totale. Cette fois, rien ! Seuls les héros de mon roman me tiennent compagnie. Gibbs dort jusqu'à Toulon, petit veinard. Il a bu pas mal mais, par chance, pas de bêtises dans la cage.

J'arrive à l'heure prévue à la gare de La Seyne - Six-Fours où le taxi m'attend. Timing parfait ! Je me délecte aussitôt de l'air marin qui vient chatouiller mes narines. J'ai tellement hâte d'arriver chez Lukas et de prendre mes marques avant de sortir !

Sophie a peut-être raison finalement : je vais m'amuser, même seule.

Dix minutes plus tard à peine, je règle le taxi et récupère les clés de la maison chez les voisins de Lukas : un couple de retraités très amicaux qui me proposent de rester déjeuner avec eux. J'aurais bien dit oui vu que je ne sais pas si mon ami a laissé quelque chose à manger mais je dois refuser car Gibbs joue les fauves et je me vois mal le laisser seul à peine débarqué, ne serait-ce que pour m'assurer qu'il trouvera la caisse et ne se battra pas avec les autres chats. Madame Jeanin, « Carole

», insiste tout de même pour que j'emporte une portion de tapenade faite maison, du pain et des fruits du jardin. Je sens que je vais me plaire ici si tout le monde est aussi charmant. Elle me propose aussi de m'emmener faire des courses vers 17 heures, après la sieste. Cette idée me fait sourire : peut-être que j'en ferai une aussi, mode farniente.

Après m'être chargée encore plus, je me rends enfin chez Lukas. C'est une jolie maison, typique du coin, avec un jardin où trônent quelques arbres fruitiers, une table avec seulement trois chaises, deux transats et un barbecue. Je vois déjà où je ferai ma fameuse sieste.

Mais d'abord : je pars à la découverte de l'intérieur. J'ouvre la porte principale et un chat gris se faufile entre mes jambes sans même s'intéresser aux nouveaux occupants.

— Bonjour, monsieur Pressé de sortir.

Et il y en a un autre comme ça : Gibbs miaule tout ce qu'il peut. Je laisse ma valise dans l'entrée et referme la porte avant de poser la cage et ouvrir la grille. Gibbs sort sans se faire prier et commence la visite en humant l'air. Je le laisse faire sa petite vie et fais de même.

Sur le miroir du porte manteau se trouve une note écrite par Lukas, sur un beau papier à lettre. Il a même mis du parfum ! Sacré Lulu.

« Mes bichettes,

J'appelle ce soir. Faites comme chez vous ! Il y a des choses à finir dans le frigo. Le poisson, c'est 3 graines par jour. Les chats : Pims le gris et Kiki le noir, c'est croquettes UNIQUEMENT le soir. Ne vous faites pas avoir. N'oubliez pas d'arroser les plantes. Clés du scooter accrochées à droite --->

Voilà le principal. Bisous. Lukas.

P-S : les draps sont propres, n'hésitez pas à faire des folies de votre corps :) »

Ce post-scriptum me fait rire : du Lukas tout craché. Laissant mes affaires en plan, je remarque la cuisine ouverte sur ma droite. Mon sac à main et l'isotherme atterrissent sur le comptoir. J'ouvre les volets pour faire un peu de lumière, en espérant que Gibbs ne décide pas de s'échapper d'office. Je pose mon futur repas sur le plan de travail et continue la visite. La pièce en face, ouverte également : salon salle à manger. C'est là que se trouvent les fameux poissons ; Gibbs les a remarqués aussi mais en me voyant m'éloigner, il décide de me suivre un peu. Je retourne dans le couloir. Après la cuisine il y a deux chambres, les WC se trouvent au fond du couloir ; à gauche – face aux chambres donc – une immense salle de bains avec douche à jets. Lukas m'avait caché cette merveille ! Visite finie. Où est passé Gibbs ? Je retourne à la cuisine au cas où il aurait trouvé la fenêtre ouverte mais non, il a seulement découvert la litière dans le petit débarras que je n'avais même pas remarqué au premier coup d'œil.

— Bravo, mon chat !

Il me fixe, comme gêné par mon arrivée, puis se secoue les pattes avant de venir vers moi en miaulant. Je reconnais l'appel du ventre. Tant pis pour les habitudes des chats de Lukas, je cherche les croquettes et en verse une poignée dans la gamelle. Mon propre ventre gronde. À mon tour de manger.

Repue, je sirote un grand verre frais de grenadine, quand je me souviens que je n'ai même pas prévenu Sophie de mon arrivée. Hop texto.

> Moi : Arrivée y'a 1h, claquée ! V faire une sieste. La maison est top !

J'ajoute une photo de moi sur le transat pour la narguer. Sophie répond aussitôt et me demande ce que j'ai prévu après avoir dormi comme une vieille. Je ris.

Des courses, avec une vieille.

Ma vanne me fait rire toute seule et ça attire Gibbs qui a découvert la fenêtre ouverte. Sauf qu'il a peur de sauter et se met à miauler comme un forcené pour que je vienne le chercher. Impossible de l'ignorer. Je le dépose dans le jardin, univers qu'il ne connaît pas du tout. Pas si téméraire que ça, il reste près de moi et s'installe sur le deuxième transat. Je n'aurai visiblement pas à craindre qu'il se fasse la malle tout compte fait. Mais je lui ai quand même mis un collier avec mon numéro de téléphone. En parlant de ça, mon portable indique un autre message. Sophie doit penser qu'il n'y a que moi pour tomber direct sur des vieux. Je m'attends donc à me faire vanner mais non, c'est ma messagerie instantanée de Facebook en fait. Message de Céline. Surprise, j'avais presque oublié que je l'avais ajoutée vendredi soir. Me recalant dans le transat, je commence à discuter avec elle.

Après tout ce temps, on en a des choses à se raconter. J'apprends que mon ancienne copine de lycée fait des études d'architecte. Qui l'eût cru ? Elle était plus branchée shopping et esthétique. Ses parents ont dû l'orienter vivement ; dans mes souvenirs, ils étaient de parfaits bobos superficiels, matérialistes et tout ce qui va avec. Bon, l'important, c'est que ça plaise à Céline. Elle en parle avec enthousiasme, contrairement à moi lorsque j'avoue avoir lâché la fac de lettres pour finir hôtesse polyvalente. Le truc qui veut tout dire et rien dire. Mais bilingue, s'il vous plaît. Qu'on ne me retire pas le peu de glam qu'offre mon poste. Céline plaisante en disant qu'elle m'embauchera comme assistante lorsqu'elle aura son cabinet. Je ne rechigne pas, je me montre même enjouée à cette idée, mais honnêtement, à voir. Pas certaine que bosser pour une copine ça le fasse. Surtout si Céline est toujours capricieuse, à vouloir qu'on fasse tout à sa place. Enfin, nous n'en sommes pas là. Pourquoi faut-il que seuls les mauvais souvenirs me reviennent ? Je m'en veux de ne penser qu'à ça. C'est plus fort que moi. Quand on m'a blessée, j'ai du mal à passer outre. Il faut dire que je n'ai pas toujours été gâtée, à commencer par mes propres parents… Je me force à me détendre pour le reste de la conversation au lieu de rester sur la réserve comme une espèce de mégère.

Vient la question à un million d'euros : et les amours ? Je me garde d'expliquer comment mon ex s'est foutu de moi et a piétiné mon cœur. J'ai beau dire que ça n'a plus d'importance, chaque fois que je repense à notre histoire, une vague de colère mélangée à une certaine honte m'envahit. J'ai laissé cet idiot profiter de moi et me mentir trop longtemps. Pourquoi ? Juste pour me sentir aimée. Que je croyais du moins car il savait très bien jouer la comédie. Je le déteste, ce qui prouve bien qu'il a encore une certaine importance, sinon je serais indifférente. Et je me sens tellement stupide. Impossible de dire ça à quelqu'un que je viens de retrouver. J'opte alors pour une réponse bateau, disant avoir rompu il y a quelques mois puis j'ajoute que je ne m'en porte pas plus mal. Quelle conne ! C'est une fois que j'ai envoyé ma réponse que je réalise que ça fait très nana désemparée. Céline me répond qu'on passe toutes par-là et ajoute qu'elle a plein de beaux partis à me présenter. Au moins n'insiste-t-elle pas comme elle aurait pu le faire avant. Je lui en suis silencieusement reconnaissante. Je réponds :

Moi : À la rentrée, sans problème.

Céline : Ah oui, tu es en vacances ! J'ai vu ça sur ton statut. T'es où d'ailleurs ?

Moi : Six-Fours-les-Plages, dans le Sud Est. Je ne sais pas si tu connais.

Céline : Tu plaisantes ?! C'est énorme ! Donne-moi ton numéro, j'en ai marre d'écrire, ce sera plus simple.

Pourquoi est-ce énorme ? Sans chercher plus, je lui envoie mon numéro. J'aurai la réponse dans quelques secondes. Ce que j'ignore à ce moment, c'est que tout ce qui se passe depuis deux jours me pousse vers celui qui changera ma vie...

3. Vamos a la playa !

Seulement deux jours que je suis là et j'ai l'impression d'y avoir toujours vécu. Je ne pense pas à Paris, j'ai même dit à Sophie que je n'ai déjà plus envie de repartir. L'effet vacances doit y être pour beaucoup mais c'est tellement bien ici. Calme sans être mort ; les gens sont moins speed que dans la capitale. Un paysage de rêve, la mer à seulement dix minutes en scooter… Même Gibbs s'éclate. Il a fait copain avec les deux chats, malgré des crachats le premier jour, et il passe la plupart de son temps dans le jardin. J'ai même eu du mal à le faire rentrer hier soir. Un vrai coq en pâte ! Carole m'a emmenée en courses comme prévu et en a profité pour me faire un topo sur les endroits à la mode pour les jeunes d'après son petit-fils ainsi que les trucs sympas à faire, surtout pour les touristes.

C'est d'ailleurs grâce à elle que ce soir je me retrouve au marché nocturne de la Seyne-sur-mer. Mes cheveux sont encore mouillés par la douche prise en revenant de la plage, je porte un top rose sur une jupe en jean et des nu-pieds. Juste un peu de mascara et du gloss car d'après Sophie : « on ne sait jamais sur qui on va tomber ». Mais rien de plus car j'ai un beau teint grâce au soleil. Même le reste de mon corps commence déjà à présenter des signes de bronzage. Dans trois semaines, je serai méconnaissable !

Flânant entre les stands, je ne cherche rien en particulier mais j'ai bien envie de me laisser tenter par quelque chose. Juste pour le plaisir. Une babiole ou une spécialité de la région. Ou pas, parce que pour être honnête, je ne connais rien de la région et je ne sais pas si la liqueur de coquelicot que le vendeur me propose est représentative du coin. Je me laisse tout de même tenter après y avoir goûté. En plus, la couleur rose fluo, ça me plaît. Ce n'est pas donné mais c'est le jeu. Il faudra que je fasse découvrir ça à Sophie. En attendant, je poste quelques photos sur Facebook pour qu'elle puisse les voir.

Je continue mon tour et me retrouve devant les étals en bord de plage. Avec le soleil qui descend sur la mer, le spectacle est magnifique. Mon cœur se serre un instant à penser que je serais encore mieux avec un amoureux… Je n'ai pas le temps de bader que je percute quelqu'un. Pas fort, heureusement, mais ça ne m'empêche pas de rougir. Il s'excuse aussitôt.

— Non, c'est ma faute. Je ne regardais pas où j'allais…

Levant enfin les yeux sur lui, j'ai l'impression de me prendre une décharge électrique. Du genre qui me traverse de la tête aux pieds en passant par l'échine, dressant chacun de mes poils ; me donnant à la fois chaud et froid. Nous restons quelques secondes sans rien dire avant de sourire, gênés. Machinalement, je replace une de mes mèches derrière mon oreille et me sens revenir sept ans en arrière, comme une adolescente. J'ai l'intention de parler, il faut que je dise quelque chose mais aucun son ne veut sortir de ma bouche. Il va partir, c'est sûr, et je n'aurai rien tenté pour le retenir. Sophie va me tuer. Il est tellement beau… trop pour être vrai. Trop pour me fixer comme il le fait. Son regard est incandescent sur ma peau, j'en perds tous mes moyens. Je cherche en vain un truc à dire mais impossible de réfléchir. Je ne parviens qu'à détailler son visage. Il est châtain, les cheveux courts mais pas trop, juste ce qu'il faut pour pouvoir encore y passer ses doigts, des yeux noisette qui me donnent l'impression de briller comme des étoiles, une barbe parfaitement taillée, un sourire à tomber… Mâchoire relativement carrée, les joues un peu creusées, il dégage quelque chose d'animal et de rassurant en même temps. Une bouche parfaitement dessinée et qui appelle aux baisers…

Quelqu'un débarque, brisant l'instant magique. Un type m'adresse un bonsoir rapide, avant de s'adresser à mon bel inconnu.

— Viens me donner ton avis, mec.

Sans même lui demander son reste, il avance vers un autre stand et « mec » m'adresse un dernier sourire. Il s'excuse à nouveau. Et moi, je reste comme une cruche à le regarder s'éloigner, remarquant par la même occasion qu'il est grand et bien bâti. Parfait jusqu'au bout des ongles ou quoi ? Allez, s'il se retourne, c'est qu'il a ressenti comme moi. Un… deux… L'inconnu jette un coup d'œil dans ma direction et je me sens rougir jusqu'aux oreilles. Je regarde ailleurs en me mordant la lèvre inférieure. Je ne sais pas comment mais il faut que je l'approche. J'ai besoin d'aide ! Cherchant frénétiquement dans mon sac à main, je sors mon portable et téléphone à ma meilleure conseillère : Sophie. Je m'éloigne des stands bruyants pour me poser dans le sable. Au loin, je vois mon coup de foudre quitter le marché entouré de plusieurs amis pour se rendre au bar de la plage. J'aurais l'air idiot d'y aller seule, non ?

— Sophie, décroche bordel…

Je dois insister : trois appels avant que Sophie ne réponde. Elle a l'air un peu hors d'haleine. Sûrement que je la dérange dans un moment intime mais tant pis. C'est une urgence !

— Kaye, qu'est-ce qui t'arrive ?

— Ah enfin ! Désolée si j'interromps quelque chose mais y'a le feu au lac !

— Oui… mais dis-moi tout !

— J'ai rencontré un mec. Enfin, pas vraiment. Je veux dire, on s'est rentrés dedans il y a quelques minutes.

Je me rends bien compte que mon discours décousu doit me faire passer pour une lycéenne pucelle en puissance mais je sais que Sophie comprendra l'enjeu.

— Il t'a parlé ?

— Non, on s'est juste excusés et avant que j'aie pu en placer une un de ses potes est venu le chercher. Mais il me fixait d'une façon... Et il s'est retourné en partant.

— Oh ?!! Comme si c'était THE révélation ?! Il est encore dans le coin ?

Vous voyez, c'est ce que j'adore avec Sophie : elle me comprend même quand je pète complètement les plombs. Et, accessoirement, elle me répond même en pleine partie de jambes en l'air.

— Je l'ai vu entrer dans un bar avec ses copains.

— Que des mecs ?

— Je crois bien...

— Vas-y !

— Mais... je suis toute seule, je vais avoir l'air con. Ils sont plusieurs et...

— On s'en fout, il t'a matée et il s'est retourné ! Tu lui as tapé dans l'œil, c'est clair ! Alors tu y vas pour lui montrer que t'as bien reçu les signes et là c'est à lui de venir te parler.

— Et s'il ne vient pas ?

— Arrête de flipper ! T'es belle, t'es en vacances, il t'a kiffée, FONCE ! Et raconte-moi tout après.

Je me mordille la lèvre nerveusement, le stress me gagne. J'ai l'impression que je vais jouer ma vie ! Sophie a raison : je dois tenter sinon je ne saurai jamais. Qu'ai-je à perdre ? Un peu de dignité ? Personne ne le saura et je m'autoflagellerais en secret.

— T'as raison, ma Kaye. J'y vais !

— Déchire tout !

Une voix masculine me crie « merde » : le chéri de Sophie n'a pas perdu une miette de la conversation visiblement ; ce qui me fait rire tandis que je raccroche. Je prends une grande inspiration et, d'un pas décidé, quitte la plage pour me rendre au bar. Il est bondé. Vais-je le retrouver ? Me verra-t-il au moins ? Si j'étais au taquet en entrant, là, l'angoisse s'insinue en moi et je sens mon estomac se nouer. Les questions qui affluent dans mon esprit n'arrangent rien. Comment attirer son attention ? Comment l'aborder ? Et s'il avait rejoint sa petite amie ou s'il avait simplement quelqu'un ? C'est dans des moments comme ça que j'envie l'insouciance de ma meilleure amie. Sophie fonce toujours puis elle réfléchit, ou elle avise pour être plus précise. Elle a une assurance sans faille. Si seulement j'avais ne serait-ce qu'un tiers de son audace…

Le bar se solde par un échec. Enfin, pas au sens propre. Je n'ai pris aucune veste : mon coup de cœur n'est tout simplement pas là. Aucune trace de lui ou du copain que j'ai vu. Ni à l'intérieur, ni sur la terrasse, ni même sur la plage juste en bas. C'est mieux que de se prendre un râteau mais ça ne m'empêche pas de quitter les lieux, dépitée. Pour une fois que je me lance. Ils ont dû aller ailleurs ; j'ai déjà perdu vingt bonnes minutes ici, je ne vais quand même pas faire tous les rades du quartier. Je refais malgré tout un tour sur le marché, entièrement cette fois, mais RAS. Je me sens comme vidée. Comme si j'étais montée dans le grand huit et paf, plus rien !

Sophie me téléphone au bout de quarante-cinq minutes pour avoir des news ; elle est aussi déçue que moi mais plus confiante. Elle me conseille de traîner dans le coin demain. Il ira sûrement à la plage et peut-être qu'il retournera au marché pour chercher à me revoir.

— Peut-être pas…
— Tu es négative, chérie.
— Si ça se trouve je me suis fait des films.
— Je te connais trop pour savoir que non.

Je hausse les épaules même si Sophie ne peut pas me voir.

— De toute façon, c'était juste un beau mec comme ça...

— Bah voyons. Ou C'était le coup de foudre !

— Je n'y crois pas.

— Ça existe autant que tes histoires d'âmes sœurs. Juste que c'est quand tu le reconnais direct. Bref, dans tous les cas, tu ne peux savoir sans y avoir goûter.

Je pouffe.

— On dirait que toi t'as bien mangé en tout cas.

Sophie s'esclaffe.

— Oh ouiiii ! Je te raconterai demain ; il est dans la cuisine là.

— Ça marche, ma belle. Je vais te laisser de toute façon, il faut encore que je rentre.

— Fais attention à toi. Et fais de beaux rêves !

— Oui, ça sera toujours ça de pris.

Et c'est exactement ce que je fais. Je revis la collision sur le marché sauf que ça ne s'arrête pas là. Dans mon rêve, je ne suis pas bouche bée comme une idiote, je lui parle et il est conquis en moins de deux. Il lâche ses potes pour faire plus ample connaissance et tout ça se termine sur la plage, version censurée. Lorsque je me réveille le lendemain je n'ai pas envie d'ouvrir les yeux. Je veux m'accrocher à ce rêve comme une toxico à sa dernière dose. Et dire que je ne connais même pas le prénom de ma drogue. Mais... qu'est-ce qu'il est beau ! Il a ce truc indescriptible qui me rend encore toute chose. Une espèce d'aura à la fois douce et virile. Rien que d'y penser, des frissons parcourent mon échine. J'ai tellement peur d'oublier ces sensations si je me réveille complètement, peut-être même de ne plus pouvoir me souvenir de ses traits parfaits, de sa bouche sensuelle et charnue... J'enfouis la tête dans l'oreiller et étouffe un cri de frustration. Ce qui fait rappliquer aussitôt les chats et là, plus moyen de dormir. Il est 9 h 15 et les fauves meurent de faim. Comme toujours.

— Bande d'estomacs sur pattes. Vous ne savez pas ce que je vis.

Il est clair que non et en plus ils s'en foutent royalement. Gibbs esquive même un câlin pour sauter du lit et me faire comprendre ce qu'il attend vraiment.

4. Est-ce que tu viens pour les vacances ?

Je passe la matinée à glander dans le jardin en caressant tour à tour mes compagnons poilus. Je leur parle de mon inconnu. Pathétique ? En tout cas, il faut que ça sorte et ils écoutent sans broncher, même quand je me répète. J'ai une vision de moi, dans quarante ans : vieille fille entourée de chats. C'est flippant !

À midi, je me secoue en me rappelant que j'ai rendez-vous avec Céline dans trente minutes. Au programme : déjeuner et shopping en vue de la soirée que la miss organise dans la maison de campagne de ses parents à la Seyne-sur-mer. Pas étonnant qu'elle ait trouvé ça fou quand je lui ai dit que j'étais dans la ville d'à côté. Quel pourcentage de chance y avait-il pour qu'on se retrouve au même endroit, au même moment ? C'est dingue. Tiens, si ça se trouve elle connaîtra peut-être mon inconnu ? Je secoue négativement la tête. Je préfère garder ça pour moi pour l'instant, ne sachant pas comment est Céline à l'heure actuelle. Disons que je ne garde pas un bon souvenir de l'époque où nous discutions de nos amourettes.

12 h 30 pile, on klaxonne devant la maison. J'attrape mon sac à main, les clés et ferme. En sortant, je découvre une belle décapotable noire garée juste devant le petit portail. Une grande blonde aux formes parfaites est appuyée contre la portière. Malgré les lunettes de soleil de marque qui lui mangent la moitié du visage, je reconnais Céline. Ou plutôt, parce qu'on doit se voir, parce qu'honnêtement, croisée dans la rue, je n'aurais sans doute pas réussi. Céline relève ses lunettes pour les placer sur sa tête et me tend les bras, un immense sourire aux lèvres.

— Émi ! Tu es magnifique ! Je suis tellement heureuse de te voir !

Elle m'attire à elle pour m'enlacer, ce qui me surprend : je suis peu habituée aux élans du genre. Son parfum me submerge en un instant. Une bonne odeur mais très prononcée. Remarquez, un parfum discret ça ne lui aurait pas été.

— Moi aussi, ça me fait super plaisir. Et c'est toi qui es superbe.

C'est sincère. Céline a une plastique de top model. 1 m 75 environ, mince et légèrement musclée, une poitrine généreuse, un beau visage autour duquel cascadent ses longs cheveux soyeux. Si je continue, je vais me sentir trop mal à côté.

— J'ai un peu triché, à toi je peux le dire mais : chut.

Elle me fait un clin d'œil complice comme si nous nous étions quittées la veille, sans embrouilles. Je suis un peu décontenancée. La dernière fois que nous nous sommes vues, on ne peut pas dire que nous nous étions fait des compliments.

— Disons qu'on est toutes les deux canons. Allez, monte ! S'il y a de la circulation, on va être en retard.

— En retard ?

— Je nous ai réservé une table dans un restau sympa à Sanary.

Pour ça, je lui fais confiance mais pas mon portefeuille. Je me retiens de demander s'ils prennent les tickets restau.

Comme je m'en doutais, le restaurant n'est pas donné, mais tant pis, une fois n'est pas coutume. Je ne suis pas près de pouvoir m'en refaire un de sitôt alors j'en profite. Tartare aux deux saumons – label rouge d'Écosse, attention ! - en entrée : un pur délice. Rien à voir avec celui du jap en bas de chez moi. Là, ça fond sous le palais avant d'exploser en bouche. De quoi penser que je n'ai jamais mangé de ce poisson avant. Ensuite, je partage le plateau de fruits de mer avec Céline sans oser regarder le prix. C'est tellement bon que je m'en moque éperdument après la première bouchée de crabe. La bouteille de vin blanc succulent termine de me faire oublier que l'addition sera salée. Sans oublier Céline qui a des tas de choses à raconter. Elle monopolise pas mal la conversation mais ça ne me dérange pas. Je préfère entendre les histoires de ma vieille copine plutôt que parler de mes déboires ou de ma vie qui me paraît encore plus banale que d'habitude.

Vers la fin du repas cependant, prise dans l'élan malgré moi, j'évoque mon ex le salaud et Céline déclare que les hommes sont tous des chiens. Encore que c'est une insulte à la race canine. Quelque chose dans le regard de Céline dit qu'elle en a bavé aussi. On se lance alors dans l'énumération des cas sur lesquels on est tombées tout en s'enfilant un digestif à la place du dessert. Je me sens incapable d'avaler autre chose que du liquide sans exploser. Le serveur dépose l'addition à notre demande, accompagnée d'un macaron chacune et des compliments de la maison. Une expression qui me fait rire, moi la non adepte des lieux de la haute. Céline en profite pour récupérer la note et ne me laisser que la gourmandise rose. Je proteste, ce qui ne l'empêche absolument pas de glisser sa carte bleue dans le carnet et le placer à mon opposé pour éviter que je ne l'attrape. Elle me sourit, fière d'elle.

— Je t'ai invitée, tu te souviens ?
— OK mais... ça doit coûter une blinde, murmuré-je
— T'en fais pas pour ça, c'est rien. On s'en fera un autre que tu choisiras dans tes moyens.

Sur le coup, je bloque. Même si la réalité dit que je n'ai pas le compte en banque d'un ministre, mon égo vient d'en prendre un coup. Je fais nécessiteuse ou quoi ? Le remarquant, Céline s'empresse d'ajouter :

— Je ne disais pas ça pour te vexer. J'avais envie de te faire plaisir et je ne veux pas que tu te sentes redevable ou quoi. Excuse-moi.

Elle pose sa main sur la mienne avec un sourire gêné, cette fois. Je soupire et retrouve ma bonne humeur. Chacun doit faire avec ses moyens après tout. Ce n'est pas comme si Céline avait cherché à me rabaisser, elle a juste été maladroite.

— Il n'y a pas de mal. Merci en tout cas. J'avoue que je n'ai jamais aussi bien mangé.

— Parfait alors ! J'espère que t'as encore la forme pour faire les magasins.

— Je devrais pouvoir me traîner.

— Je te pousserai, au pire. Tu sais, je te verrais bien en infirmière sexy. C'est classique mais ça fait toujours son effet.

Je manque de m'étouffer avec le macaron. Oui, je n'ai pas pu y résister. Je louche même sur celui que Céline ignore. Mais là, il y a plus urgent.

— De quoi tu parles ?

— La soirée de demain. Mince, je ne t'ai pas dit ? C'est une soirée à thème : les fantasmes.

— Rassure-moi, ce n'est pas une soirée libertine ou échangiste parce que sincèrement c'est pas mon truc.

Céline éclate de rire.

— Non, non ! C'est juste des déguisements, sinon ce sera une soirée standard.

Malicieuse, elle sourit en voyant ma mine inquiète et avale d'une bouchée son gâteau. Je me demande vraiment dans quoi je me suis embarquée alors que nous quittons le restau. Je propose à Céline qu'on prenne un taxi vu qu'on a bu bien plus d'un verre. Elle n'a pas l'air de s'inquiéter, et je monte stupidement avec elle.

Céline nous conduit dans une boutique spécialisée dans les déguisements, dans une ville du coin. Elle-même n'a pas encore sa tenue, ce qui en un sens me rassure. L'idée de s'habiller sexy et éveiller les sens des hommes à une soirée où je ne connaîtrai personne n'est pas pour me mettre à l'aise. Sur le chemin, j'ai harcelé Céline de questions pour être sûre de ne pas être entraînée dans un guet-apens douteux. Elle m'a juré qu'il n'y avait rien de suspect. Il y aura de la musique, plusieurs buffets, une déco un peu dans le style play-boy mais rien de plus.

— Après, si le thème donne des idées à certains, je ne réponds pas de leurs actes !

J'ouvre bien grand mes yeux verts.

— Je te fais marcher ! C'est fou ce que t'es devenue coincée, ma parole.

— Non, ce n'est pas ça.

Je ne me suis jamais considérée comme coincée mais là je me pose des questions, c'est tout. Disons que j'ai toujours été du genre méfiant.

— C'est juste que je n'ai pas l'habitude. Les seules soirées à thème que j'ai pu faire c'est genre années 70 et compagnie.

— Un peu de folie, ça ne fait pas de mal. Et encore, dis-toi que j'avais hésité avec putes et religieux, mais une amie a déjà fait une soirée dans le même genre il y a deux mois.

— T'es sérieuse ?

— Oui, on adore trouver des thèmes loufoques !

— Je vois ça.

La vendeuse arrive juste à ce moment-là pour proposer son aide. Sauvée par le gong ! Ou pas. Céline lui explique ce dont nous avons besoin, ce qui enthousiasme la quarantenaire au front trop lisse. Elle ne doit pas avoir l'habitude de telles demandes ou tout le contraire. Franchement, est-ce que je suis trop sérieuse ? Discrètement, j'envoie un texto à Sophie pour lui raconter. Pour toute réponse je reçois un :

Sophie : Énormeeeee !!!

Ce qui veut dire que oui, je suis trop sérieuse et que je dois apprendre à me lâcher. Respirant un bon coup, je rejoins Céline et la vendeuse dans une autre allée de vêtements. Il y en a partout, en haut, en bas, de tout genre. C'est une vraie caverne d'Ali Baba. Un mélange de friperies et déguisements en fait. Rapidement, je me laisse aller et cette partie shopping s'avère finalement très drôle. Nous essayons toutes sortes de tenues, des plus ridicules aux plus outrageantes, en se moquant l'une de l'autre ou s'envoyant des roses. Des tas de photos sont prises mais on se fait la promesse mutuelle de choisir ensemble celles qui finiront sur la toile. Au final, Céline opte pour une tenue qui ressemble fort à celle de Catwoman, tout en latex ; elle est divine dedans, et moi pour la tenue de soubrette, ultra sexy. Ce n'est pas aussi phénoménal mais c'est déjà bien assez court et décolleté. Je me suis aussi acheté une robe 70's à grosses fleurs jaune et rose fluo, qui arrive à mi-cuisses, non pour la soirée mais parce que j'ai craqué dessus tout simplement.

Céline me ramène chez Lukas vers 16 heures car elle a encore plein de choses à régler. Je la remercie pour tout en me surprenant moi-même à la prendre dans mes bras. Ça me convient parfaitement car je n'ai pas oublié mon bel inconnu malgré cette folle journée. En moins de temps qu'il n'en faut pour le dire, j'enfile mon maillot de bain le plus sexy, prends mes affaires playa et hop je suis sur le scooter direction la plage de la Seyne.

Malheureusement, ça ne donne rien. Je ne profite même pas de l'eau puisque je zyeute tous ceux qui longent la plage ou qui sont sur celle-ci, dans mon champ de vision.

Vers 19 h 30, je me paie une salade à la terrasse du fameux bar, avec vue sur l'entrée du marché mais là encore : rien. Heureusement, je passe un bout de temps au téléphone avec Sophie pour lui raconter tous les détails de la veille ainsi que mes retrouvailles avec Céline. Mais à 21 heures, je n'en peux plus de rester là comme une pauvre fille. Je décide de faire un tour sur le marché mais tout espoir de le voir m'a quittée. Au moins, je trouve des bas résille pour aller avec ma tenue, ainsi qu'un shorty parce que je n'ai pas l'intention de faire profiter de mes fesses à toute l'assemblée.

Lorsque je rentre, même les câlins des chats ne parviennent pas à me faire sourire. J'ai beau me dire que c'est une réaction ridicule, je me sens triste. La journée a démarré sur les chapeaux de roue pour finir dans le silence et l'ennui. Une fois de plus. Pourquoi est-ce que je ne peux pas avoir un peu de chance pour une fois ? Je me couche avec cette douloureuse impression de solitude qui étreint mon cœur trop souvent. Et ma playlist de slows ne l'atténue pas. VDM.

5. Et là, c'est le drame !

La soirée commence à 20 heures mais, sur les recommandations de Sophie, je n'arrive qu'après la demie. Je me sens un peu mal de faire ça mais, selon ma meilleure amie, 21 heures auraient été encore mieux car ça laisse le temps à l'ambiance de s'installer et, dixit : « il faut savoir se faire désirer ». Vrai ou faux, lorsque j'arrive grâce au GPS de mon téléphone, il y a déjà foule. La rue est envahie de véhicules, tout comme l'allée de la propriété. La musique n'est pas encore à fond et pourtant elle s'entend de loin. Il faut croire que Sophie avait raison. Je m'engage pour passer le portail et suis arrêtée par un voiturier. Céline ne plaisante pas, dis donc ! Elle a tout prévu ! Je m'attends presque à voir un tapis rouge sur les marches. Décontenancée, je lui laisse finalement le scooter, la clé et le casque voyant qu'un autre invité fait pareil. En échange, je reçois un petit carton avec un numéro, que je range dans mon petit sac à main. Voilà, j'y suis, maintenant il faut se lancer.

Je retire mon blouson, dévoilant ma tenue de soubrette. Une fraction de seconde, je panique à l'idée d'être la seule déguisée, comme si Céline aurait pu me faire un vilain tour mais non : un couple marche devant moi, la femme est en fliquette tirant plus sur la prostituée et l'homme en militaire sans chemise. Et lorsque j'entre dans la maison, je découvre que ma tenue est loin d'être la plus osée. L'envie de faire demi-tour m'assaille l'espace d'un instant. Il y a tellement de monde, c'est comme aller en boîte de nuit seule, et je ne me sens pas à l'aise perchée sur mes talons avec une jupe qui dévoilerait mes fesses si je n'avais pas mis de boxer. J'imagine Sophie, ou même Céline, me traiter de coincée et prends mon courage à deux mains.

Une hôtesse sexy mais réelle vient à ma rencontre et propose de prendre ma veste et mon sac pour les laisser aux vestiaires. Ça change de ces soirées où on jette tout en vrac sur le lit et qu'il faut ensuite fouiller sous le mec bourré qui s'est endormi dessus. Avant que je ne puisse répondre, j'entends la voix de Céline. Je m'excuse auprès de l'hôtesse, promettant de revenir dans un instant et cherche la propriétaire des lieux avant qu'elle ne disparaisse.

— Céline !

Catwoman se tourne vers moi avec un grand sourire et, simplement, canon.

— Ma chérie ! J'ai bien cru que tu allais me planter.

— Désolée, je me suis un peu perdue.

Un mensonge mais la grande blonde ne relève pas. Elle passe son bras autour de mes épaules et va m'entraîner vers la salle où tout le monde s'engouffre quand elle remarque mon blouson.

— Laisse donc ça, tu n'en auras pas besoin ce soir.

Elle fait signe à l'hôtesse qui vient aussitôt récupérer mon vêtement et du coup je laisse aussi mon sac pour ne pas être encombrée inutilement. Cette fois, je reçois un tampon avec un numéro sur le poignet. Céline m'explique que c'est mieux que les tickets qu'on perd toujours et que ça partira avec du dissolvant donc je peux me baigner sans crainte. Ah ? Une baignade est prévue ? Je n'ai même pas pensé à ça.

— Maintenant, suis-moi ! J'ai du monde à te présenter.

Je la suis dans ce qu'on peut appeler une salle de réception. Je m'émerveille sur la demeure et la décoration pour la soirée. Je n'ai vu ce genre de choses qu'à la télé. C'est très bizarre de le vivre, et quelque peu grisant d'une certaine façon. Céline nous attrape deux coupes de champagne sur le plateau d'un serveur et nous trinquons à nos retrouvailles. Le champagne est très bon : comme le saumon du restaurant, il n'a rien à voir avec ceux que j'ai pu boire jusque-là. À peine une gorgée et je sens ma tête tourner. Pas vraiment à cause de l'alcool, il en faut quand même plus pour me saouler. C'est plus l'excitation d'être dans un tel endroit, une telle fête. J'ai vraiment l'impression d'avoir été propulsée dans une série américaine. Mes craintes s'envolent et je suis prête à profiter pleinement de la soirée. Versatile ? Peureuse surtout. Dès que je ne contrôle pas, je flippe. Ces vacances sont décidément un bon exercice.

Céline me présente plusieurs personnes, une dizaine à peu près, mais je ne retiens pas la moitié des prénoms – plus concentrée sur certains déguisements. Un des types me fait du rentre-dedans sans ménagements, je ne réponds même pas et fais de gros yeux à ma copine pour qu'on passe à quelqu'un d'autre. Par pitié !

— Ne fais pas attention, il est lourd mais pas méchant. Je... Oh excuse-moi ! Il faut que j'aille voir les nouveaux arrivants. Fais comme chez toi, éclate-toi ! On se revoit tout à l'heure.

Pas le temps de protester, Céline est déjà partie. Le relou me fait un sourire mais je tourne les talons comme si je ne l'avais pas vu. Cette fois, je suis comme lancée dans l'arène ! Je troque ma coupe de champagne vide pour une deuxième, puis une troisième tout en faisant un peu le tour de la salle. Les invités discutent, certains dansent au milieu de la salle ou sur la terrasse. Pour l'instant, la musique ne me tente pas trop alors je me dirige vers le buffet pour ne pas rester le ventre vide. Les petits fours ont l'air tous meilleurs les uns que les autres, je dois contenir ma gourmandise pour ne pas m'empiffrer. C'est là qu'il me semble reconnaître le type qui a interpellé « mec » au marché. Je plisse les yeux. Est-ce que le champagne me fait avoir des hallu ou bien… ? J'ai chaud d'un coup !

— Émilie ?

Je sursaute comme si j'étais prise à faire une bêtise. Pourvu que ce ne soit pas le type en docteur qui me draguais comme un naze. Bouche à moitié pleine, je me tourne et dévisage le jeune homme en face de moi plusieurs secondes avant d'écarquiller les yeux.

— Gabriel ?!

Il sourit. La dernière fois que je l'ai vu, il entrait à peine dans l'adolescence, avec acné, appareil dentaire et compagnie. Là, c'est difficile à croire qu'il ait eu un âge ingrat. Il a poussé comme un champignon. En prime, il est hyper bien foutu – surtout dans cette tenue de pompier en chaleur – et bourré de charme, même s'il a encore une bouille de bébé. Il se penche pour me faire la bise ; il sent super bon.

— Comment ça va ? Ça te fait quel âge maintenant ?

— 19. Et ça va, merci. T'as changé, toi aussi.

— Oh... en bien j'espère.

— Pour sûr.

Sans se gêner, il laisse son regard s'attarder sur mon décolleté. Il est loin le gamin timide.

— Alors, hum... tu passes les vacances avec ta sœur ?

— J'reste qu'une semaine, après je me barre en Espagne.

— Veinard !

— Ce n'est pas si loin. Ma sœur m'a dit que t'étais seule, si ça te dit de bouger je te trouverais bien une place.

Seule ? Ici ou dans la vie ? La question me brûle les lèvres mais je me retiens. J'en profite pour regarder vers le deuxième inconnu du marché mais je ne le vois plus. J'ai peut-être mal vu.

— C'est gentil, j'y penserai. Ou tu changeras d'avis, je suis peut-être devenue chiante.

— Ça, ça ne peut pas être pire qu'avant.

Il se met à rire et je le frappe à l'épaule.

— Sale gosse. Tu es à la fac, alors ?
— Je vais entrer dans une école d'informatique.
— Ah oui ? Pour faire quoi ?
— J'sais pas trop encore, on verra bien. J'ai le temps. En attendant, mes vieux me foutent la paix.

Il ajoute un clin d'œil. Je me souviens très bien de lui en mode glandeur, toujours enfermé dans sa chambre devant ses jeux vidéo. Une fois, il m'avait laissé tester une partie, j'avais failli faire tuer son personnage et il avait vite proposé autre chose. Céline avait d'ailleurs piqué une petite crise de jalousie, car il ne voulait jamais qu'elle touche à son jeu.

— Je t'offre un autre verre ?

Je regarde ma coupe, quasi vide. J'ai une bonne descente ce soir.

— Il faut que je me calme...
— On va faire un compromis, viens.

Un compromis ? Je prends un canapé avec une crevette et le suis jusqu'à l'un des bars. Oui, il y en a plusieurs. Je m'extasie encore ! Il demande une coupe pour moi avec du jus d'orange et se prend un whisky. Je ne peux m'empêcher de me demander si c'est pour jouer les mecs virils ou s'il a l'habitude d'en boire maintenant. 19 ans... C'est jeune quand même ! Quant à ma boisson, il paraît que ça s'appelle un cocktail mimosa, ce n'est pas mauvais !

Et c'est toujours ce que je pense lorsqu'on danse ensemble après vingt minutes de parlotte. Par moments, Gabriel paraît mature et à d'autres, pas tant que ça. Ce qui ne l'empêche pas d'être sympa et même drôle. Sa compagnie est vraiment agréable. En plus, il n'arrête pas de me faire des compliments et je me demande plusieurs fois s'il n'est pas en train de me dragouiller⁵. Surtout lorsqu'il se rapproche soudain dangereusement de moi pour danser sur un super morceau d'Usher et Romeo. Gabriel est attirant, il ne faut pas se mentir, sauf que, d'un c'est le frère de Céline donc zone délicate, et de deux : même si je veux l'oublier, mon inconnu me hante. Je sais, c'est stupide. Sophie me dirait que je me cherche des excuses pour ne pas oser, que je ne suis qu'une flippette. Ce qui n'est pas totalement faux parce que lorsqu'il pose une main sur ma taille, je ne sais plus où me mettre. Je le laisse quand même faire et la cuisse qu'il glisse entre mes jambes pour un mélange de zouk et lambada me donne un coup de chaud. Muy caliente ! Il se penche vers moi et je prie pour qu'il n'essaie pas de m'embrasser car, là, je ne sais pas ce que je ferai !

— Tu sens trop bon...

Ouf !

— Ça donne envie de te manger.

Rire nerveux. Là, c'est sûr : il me drague !

— Gabriel... à quoi tu joues ?

— Je ne joue pas. Tu sais, t'étais mon gros fantasme à l'époque.

— Je ne le suis plus ?

Non mais pourquoi j'ai posé cette question ? C'est comme une invitation ! Je ne suis vraiment pas douée avec les mecs. Il se redresse un peu pour me regarder ; je me sens toute petite.

— Si, encore plus. Surtout habillée comme ça.

— Le contraire m'aurait étonnée, tiens !

— Et moi ?

— Toi ?... Je ne veux pas te vexer mais tu n'étais pas mon genre.

Ça le fait rire.

— Sérieux ? Tu n'étais pas fan de mon look ado boutonneux ?

---

⁵ Draguer.

— Pas vraiment non.

— Snif. Et maintenant ?

Je lui souris et me mets sur la pointe des pieds : malgré mes talons, il est toujours immense.

— Maintenant, il faut que j'aille aux toilettes.

— Nooonn ! Tu me mets un vent là, dit-il tout sourire.

Je ne réponds pas, le laissant croire ce qu'il veut. À dire vrai, je ne sais pas quoi faire. Avec un air malicieux, je lui fausse compagnie et cherche réellement les WC parce que, mine de rien, j'ai une sacrée envie !

Il me faut cinq minutes pour les trouver et presque autant pour y avoir accès. On m'indique qu'il y en a d'autres à l'étage mais j'ai trop peur de me perdre tant cette maison ressemble à un labyrinthe.

Soulagée, je sors et m'assure que Gabriel n'est pas dans le coin pour un guet-apens. Il me faut un peu d'air. Au sens propre et figuré. Je passe en vitesse dans la salle de réception et me retrouve sur la terrasse mais il y a encore trop de monde. J'aperçois la piscine en contrebas et descends les marches qui mènent au jardin. Un couple s'embrasse fiévreusement sur la pelouse, je tâche de ne pas les déranger et avance rapidement vers la piscine. Rien à voir avec celles en plastique, c'est une vraie, dans le sol, à l'image de la maison : gigantesque. Il y a même un plongeoir et un toboggan. À la surface de l'eau flottent une multitude de boules argentées. C'est un spectacle agréable avec la lumière bleutée des néons sous l'eau qui vient se refléter dessus. Je me sens aussitôt apaisée ; la musique est moins forte ici, les conversations des invités se transforment peu à peu en bruit de fond et il fait relativement sombre. Je me laisserais bien tenter par un plongeon.

Un mouvement sur ma droite me fait sursauter. Dans la pénombre se dessine la silhouette d'un homme, plus précisément, d'un gladiateur. Spartiates, jupette, épaulettes et une espèce de sangle qui barre son torse musclé. Ça porte certainement un autre nom mais je ne suis pas experte en la matière. Ce n'est pas une période qui m'a marquée pendant les cours d'histoire. Je suis sûre que si on m'avait montré des photos de beaux mâles en tenue, j'aurais plus écouté.

L'homme fait un pas de plus, dévoilant son visage. Choc !

— Je ne voulais pas vous faire peur.

Incapable de répondre de peur de me trahir, je cherche d'abord à arracher mon regard du sien. Ce qui devient encore plus difficile lorsqu'il me sourit. Dire que j'ai essayé de me convaincre qu'il n'était pas si beau. En fait, il est pire !!! Il s'approche encore un peu. J'ai peur que mon cœur lâche.

— On s'est croisés sur le marché, non ?

OH - MON - DIEU, il me reconnaît.

Je manque de laisser échapper un cri de victoire. Maîtrisant avec peine les tremblements dans ma voix, je parviens à articuler quelques mots.

— Oui, je ne vous avais pas reconnu sur le coup.

Menteuse.

Il rit.

— Avec le costume, je comprends.

Oh punaise, le costume ! Je ferme les yeux deux secondes avant de sentir mes joues s'embraser. J'ai enfin retrouvé mon inconnu et voilà que je suis habillée en soubrette de film porno. Heureusement que je n'ai pas forcé sur le maquillage, ça sauve un peu la donne. Enfin, voyons le positif : il n'a pas fui et ne m'a pas non plus dévisagée d'un air dégoûté. Peut-être même qu'il s'est rincé l'œil comme moi. On peut rêver, non ? Je finis par sourire.

— Oui, on peut dire que c'est drôle de se croiser comme ça.

— Un heureux hasard en tout cas. De se revoir.

Cette fois c'est à moi de rire en voyant son air contrit. Il se masse la nuque, c'est trop craquant. Puis il me tend l'autre main.

— Reprenons. Enchanté, je m'appelle Elias.

— Enchantée, Emilie.

Sa main est chaude et douce. Je suis instantanément envahie par une vague de frissons impossibles à dissimuler. S'il l'a remarqué, il est assez gentleman pour ne rien laisser paraître. À regret, je le laisse libérer ma main.

— Vous êtes du coin ?

— Non, juste en vacances, et vous ?

— De même. C'est la première fois que je viens, ça me plaît beaucoup et ça change totalement de Paris.

— À qui le dites- vous.

— Paris également ?

Je hoche la tête en guise de oui.

— Dire qu'on aurait pu se croiser là-bas des milliers de fois.

Y-a-t-il une pointe de déception dans sa voix ou ai-je fantasmé ? Sûrement le champagne qui me joue des tours.

— Le destin est curieux parfois.

— C'est vrai.

Mais l'important est de s'être rencontrés.

Je n'ose pas le dire à haute voix et il n'ajoute rien.

Il ne me quitte pas des yeux et je me sens captive de son regard brûlant. Aucun homme ne m'a regardée ainsi, c'en est presque indécent. Il n'y a rien de pervers pourtant, juste que c'est intense, troublant, intime même. Comme si ça allait au-delà du physique.

L'arrivée d'un couple qui se court après brise le lien qui s'établissait silencieusement entre nous. Je les maudis en silence.

— Vous comptiez vous baigner ?

— J'hésitais. Au moins tremper mes pieds. Je n'ai pas trop l'habitude de ces bas.

Il a un regard furtif vers mes jambes et j'ai peur qu'il réalise que j'ai l'air d'un saucisson bien ficelé.

— Pareil avec ses chaussures. On devrait en profiter avant que la foule ne se jette à l'eau.

Ni une ni deux, il retire ses spartiates et moi mes résilles. L'affaire n'est pas mince compte tenu du champagne avalé. En cherchant à être le moins ridicule possible, je perds l'équilibre et là, j'ai l'impression que tout va au ralenti. Elias me rattrape juste à temps, avant que je ne tombe en arrière dans la piscine. Il m'attire à lui, peut-être un peu trop fort puisque je me retrouve collée à lui, mais je ne vais pas m'en plaindre. Ses mains d'homme se posent sur ma taille, tandis que ma poitrine bute contre son torse parfaitement sculpté. Son parfum me frappe de plein fouet. Raffiné, délicat, sensuel, avec des notes boisées... En accord total avec celui qui le porte. Cette odeur m'enivre encore plus que l'alcool. Lorsque je relève mon visage vers lui, le temps est suspendu à nouveau. J'ai une folle envie de m'abandonner dans ses bras.

— Je ne t'ai pas fait mal ?

Son ton est bas, sa voix suave. Je ne remarque même pas qu'il est passé au tutoiement. C'est naturel.

— Non...

Tout mon être hurle embrasse-moi, possède-moi. Sa respiration s'accélère et je me sens bien, si proche de lui, que la mienne aussi. Et alors...

Il ne se passe rien. Le temps reprend sa course.

J'aurais été vexée si je n'avais pas remarqué son hésitation. Pourquoi hésite-t-il ? Veut-il faire durer le plaisir ? Manque-t-il de confiance en lui, toujours en proie aux doutes comme moi ? Non, ça m'étonnerait.

Il retire délicatement ses mains et m'aide à m'asseoir avant de prendre place à mes côtés, si près que nos peaux s'effleurent par instants. Je ne sais pas quoi penser. Heureusement l'eau me calme un peu ; je me sens comme un volcan au bord de l'éruption.

— Au fait, pourquoi t'étais caché ?

— Caché ?

— À l'écart si tu préfères.

— Oh. Trop de monde, trop de bruit. Au bout d'un moment j'ai eu la tête comme une pastèque.

— Je comprends. C'est ma première soirée… comment dire ? Mondaine ?

— On peut dire ça, je suppose. Et ça te plaît ?

— Ce n'est pas évident car je ne connais que deux personnes mais c'est sympa. Je n'ai jamais eu de champagne à volonté avant.

— Attention de ne pas en abuser.

Il me sourit encore et chaque fois mon cœur manque un battement.

— Tu as raison, je fais une pause justement. Mais, c'est moi ou le thème en désinhibe quelques-uns ?

Ça c'est pour le couple qui, maintenant, se bécote lascivement contre un arbre.

— Et encore, minuit n'a pas sonné.

Je le regarde, surprise.

— Comment ça ? Elle m'a promis que ce n'était pas une soirée libertine.

Il s'amuse de mon innocence ou quoi ?

— Ce n'en est pas une mais certains prennent quand même des libertés comme tu vois.

— Hum… Alors je m'enfuirai comme Cendrillon. J'ai la bonne tenue, en prime.

Il rit et je m'attarde un peu trop sur ses lèvres.

— Je n'espère pas.

Cette fois je lui jette un regard outré, pour rire, et il se repasse la main sur la nuque.

— Je me suis mal exprimé. J'espère que tu ne vas pas partir et que la soirée ne va pas finir en orgie.

Il marque une pause et plonge son regard dans le mien. Je déglutis.

— Je n'en ferais pas partie en tout cas, ajoute-t-il.

— Tu es sage, toi ? je demande avec un ton de défi involontaire.

— Je sais me tenir en public...

Il y a une lueur de malice dans ses yeux et je saisis le sous-entendu. Je bats des cils et détourne mon regard vers l'eau en agitant doucement mes pieds. Une simple phrase et mon esprit repart à la dérive. Ce mec ne m'a même pas touchée et il me fait plus d'effet que tous mes ex réunis. Je passe une main dans mes cheveux, un geste nerveux et typiquement féminin, il parait. Lorsque je repose ma main sur le sol, mes doigts entrent en contact avec ceux d'Elias et mon corps tout entier s'électrise. Je bafouille des excuses avant de décaler ma main. Lui ne bronche pas, me fixant intensément. Je payerais cher pour savoir ce qu'il se passe dans sa jolie tête.

— Je...

Je suis suspendue à ses lèvres mais il n'a pas le temps de dire un mot de plus qu'une tornade blonde arrive à la piscine.

— Vous comptiez vous jeter à l'eau sans attendre le coup d'envoi ?

Je sursaute en entendant la voix de Céline. Ma copine a-t-elle vu qu'elle n'aura peut-être pas besoin de me présenter quelqu'un à la rentrée ? Je me tourne vers elle et la vois entourée d'une dizaine de personnes, toutes ont l'air un peu - beaucoup - éméchées vu leur démarche. Je reconnais le mec de la plage, qui m'avait enlevé Elias. En parlant de lui, dans mon dos, il s'est rapidement relevé. Il me propose son aide pour me mettre debout et je remarque qu'il s'est comme raidi.

Comment dire ? Il n'a plus rien à voir avec l'homme d'il y a quoi, trente secondes ? Je sens une distance entre nous, comme si notre lien était brisé. Que se passe-t-il tout à coup ? Céline nous rejoint, tout sourire.

— J'aurais dû me douter que je vous trouverais dans un coin.

Comme si j'avais fait une bêtise, je rougis. Suis-je démasquée ? Non. Pas vraiment…

Si Céline n'a rien remarqué, moi non plus je n'ai rien vu venir. Ce qui se déroule devant mes yeux me terrasse littéralement. La belle blonde a passé ses bras autour du cou d'Elias et elle l'embrasse. Pas sur la joue, pas un smack amical. Non c'est un vrai baiser, avec la langue et tout ! Céline embrasse Elias, bordel !

Je ne sais plus où me mettre. Je regarde ailleurs pour commencer. Mes yeux me piquent furieusement mais je refoule mes larmes en me mordant l'intérieur des joues.

— J'espère que mon dieu de l'arène a été sympa avec toi !

Je manque d'air subitement.

— Euh... oui, oui.

J'évite soigneusement de poser les yeux sur le bourreau des cœurs et souris à Céline. Un sourire qui me coûte. Je reprends la conversation avant de me mettre à hurler ou partir en courant comme une hystéro.

— Alors il se passe quoi maintenant ?

— T'as ton portable ?

Ça c'est la voix de Gabriel que je n'ai même pas remarqué. Il ne porte plus que son bas de pompier et ses yeux brillent plus qu'à l'accoutumée.

— Non, j'ai tout laissé aux vestiaires.

Je crois bêtement qu'il voulait prendre des photos de ce qui est prévu mais pas du tout. Le petit frère me fonce dessus pour me jeter à l'eau avec lui. J'ai à peine le temps de pousser un cri de surprise. On peut dire que ça me change les idées d'un coup !

Lorsque j'émerge, je suis tiraillée entre le désir de mettre une baffe à Gabriel pour soulager ma frustration et l'envie de rire à défaut de pleurer. Mâchoires crispées, je me contente de dégager mes cheveux pour ne pas ressembler à un chien mouillé. Parce que seule la petite sirène sait rejeter sa tignasse en arrière avec un air hyper sexy. Rien à voir avec la réalité, quoi. Mes lentilles de contact n'ont pas sauté, une chance. Me retrouver complètement myope est la dernière chose dont j'ai besoin ce soir. Gabriel réapparaît tout près de moi, presque collé.

— T'es encore plus sexy cheveux mouillés.

S'il n'y avait pas eu l'épisode Céline-embrasse-le-mec-que-je-veux, j'aurais éclaté de rire. À la place, je lui envoie une giclée d'eau au visage.

— Ne me dis pas que tu boudes, Ariel !

J'ignore sa référence à ma chevelure rousse et à la sirène de Disney. Sans un mot, je nage vers le rebord. Tandis que d'autres sautent dans la piscine, Céline rit en me regardant. J'ai envie de la frapper aussi, pour la peine. A-t-elle finalement compris qu'il y avait anguille sous roche avec son mec et savoure-t-elle une mini vengeance ? Ou suis-je juste complètement parano ?

Une main se tend vers moi : Elias, toujours prêt à m'aider visiblement. Je lui lance un regard noir mais accepte sa main. Cependant ce n'est pas pour qu'il m'aide à sortir. Je prends appui avec mes pieds contre la paroi et le tire de toutes mes forces vers moi. Il ne s'y attendait pas et plouf ! Un gladiateur à l'eau. Bien fait ! Céline rit de plus belle avant de prendre son élan pour nous rejoindre. Je n'ai qu'une envie : m'enfuir mais je suis coincée. Et complètement trempée.

Vers 2 heures du matin, je parviens enfin à quitter la soirée. J'ai passé mon temps à ignorer au maximum Elias qui a essayé de me parler à plusieurs reprises, et tant pis si ça sonnait bizarre. J'ai aussi laissé Gabriel me draguer en espérant que ça fasse les pieds au premier.

D'accord, il n'a rien tenté mais il y a bien eu quelque chose. Je ne suis pas folle. Ses regards n'avaient rien d'anodin, merde !

Alors que je vais mettre mon casque, des pas précipités dans ma direction détournent mon attention. Elias. Il ne veut donc pas me foutre la paix ?

— Emilie, attends !

— Quoi ?! hurlé-je plus fort que voulu.

Heureusement, il n'y a pas un chat dans l'allée à part le voiturier qui joue à Candy Crush sur son téléphone.

— Je suis désolé.

Je plante mon regard dans le sien. Oui, parfois j'ai un sacré caractère. Même s'il me fait toujours un effet du tonnerre, je ne flancherai pas. Non, je resterai forte. Je me suis assez fait avoir par le passé.

— Pas autant que moi. Tu m'excuseras mais je suis fatiguée.

Je veux mettre mon casque, il pose une main sur mon avant-bras. Ma veste me protège de l'effet dévastateur de sa peau contre la mienne. Sauvée !

— C'est compliqué mais...

Furieuse, je repousse sa main.

— Il n'y a rien de compliqué. Tu sors avec ma copine. Je ne sais pas si ça t'a amusé de jouer de tes charmes...

— Ce n'est pas du tout ça !

— Et après ? T'es pris, non ?

Il ne répond pas.

— Voilà, donc fin de la discussion. Je ne dirai rien à Céline si c'est ça qui te fait peur mais que je ne te voie pas le faire à d'autres.

— Tu n'y es pas du tout...

— Parfait alors. Bonne nuit.

Je coupe court à la discussion en mettant enfin mon casque et enfourche le scooter. Il reste planté là, l'air désemparé. Comédie ou pas, ça me fait du bien de le voir comme ça. Malgré mon air sûr de moi pendant la dispute, je me sens plus bas que terre. La fin de soirée a été une sorte d'interminable cauchemar éveillé. Je ne suis pas partie uniquement pour éviter de vexer Céline ou d'éveiller les soupçons. Du coup, j'ai dû jouer la comédie. Certes, Gabriel m'a fait rire mais le cœur n'y était pas. Chaque fois que j'ai vu Céline toucher ou embrasser Elias, j'ai eu envie de hurler.

Quand j'arrive chez Lukas, je me jette sur le lit et me laisse enfin aller à pleurer.

6. Pas touche...

Je n'ai pas fermé les volets en rentrant, ce qui fait que le soleil a fini par me réveiller vers 7 heures. Les yeux gonflés et les paupières encore lourdes, je fixe le plafond pendant un temps infini. La soirée se rejoue en boucle dans ma tête. Je m'en veux d'être dans un état pareil pour un mec que je ne connais même pas. C'est vrai quoi. Je connais son prénom et après ? Je ne sais pas ce qu'il fait dans la vie, s'il a de la famille, quel est son caractère, ni s'il aime les chats ou ce genre de détails futiles qui comptent toujours pour moi. Non vraiment, je ne sais rien de lui. À part l'effet qu'il me fait, sa façon de me caresser des yeux, de faire accélérer mon pouls d'un simple sourire...

Je soupire et roule sur le côté.

— Tu n'es qu'une idiote superficielle.

Gibbs ouvre des yeux pleins de sommeil pour me fixer drôlement. Je tends la main pour le caresser.

— T'en as de la chance, mon chat. T'auras jamais ce genre de problème, toi. Pfff... Pourquoi c'est si compliqué ? Pourquoi il n'est pas célibataire ? Pourquoi... Avec Céline, en plus !!

— Miaowwww.

Il se lève et me fait un câlin de la tête. Je n'irai pas loin en discutant avec mon chat. Roulant de l'autre côté, j'attrape ma sacoche et sors mon portable. 9 h 13. Je peux tenter. Deux sonneries et Sophie décroche.

— T'es déjà debout ?

— Oh ma Kaye, si tu savais... Je l'ai revu.

— Oh !? Mais c'est de la balle !

— Tu parles. Il a quelqu'un.

— Rien à foutre, tu la connais pas.

Sophie est sans morale parfois.

— Si, justement. C'est Céline.

— Ah merde.

Je me lance dans un résumé détaillé de la soirée. Je n'omets aucun passage, m'étalant pendant de longues minutes sur mes descriptions.

À la fin, Sophie n'en revient pas. Elle est choquée comme moi. Elle ne comprend pas pourquoi Elias a flirté tandis que sa petite amie était juste à côté.

— Soit c'est un chaud lapin de première, soit il a vraiment craqué pour toi.

— Je ne sais pas mais... Même. Il est avec Céline.

— Peut-être que ça bat de l'aile entre eux. Tu sais depuis quand ils sont ensemble ? T'as vu s'ils avaient l'air amoureux ?

— Non et non, je n'avais pas envie de savoir ni de réfléchir. Comment je vais faire pour l'oublier ? En plus, si je revois Céline, y'a des chances qu'il soit là.

— Attends, pourquoi tu veux l'oublier ?

— Bah c'est clair non ?

— Tss tss. Ma Kaye, écoute-moi bien. Tu kiffes vraiment ce mec ?

— Oui... Enfin, je crois.

— Genre tu sens qu'il y a quelque chose ?

— Oui.

— Alors, tu ne lâches pas.

— Mais...

— Tu ne l'as pas vue depuis quand la Céline ? Ça se trouve, dans deux semaines vous ne vous parlerez plus.

— Si je lui pique son mec, c'est certain.

— Nannn, mais s'ils ne sont pas faits l'un pour l'autre, tu lui rendras service.

— T'es pas sérieuse ?
— Si, très. Des fois faut être égoïste.
— Tu me fais peur là.
— Ce n'est pas ton amie et ils ne sont pas mariés que je sache.
— Non mais on l'a été, amies, et là tout va bien.
— Elle ne t'avait même pas dit qu'elle avait un mec. Ça se trouve elle l'a rencontré la veille !
— Je ne pense pas quand même…
— Au pire, tu lui trouves un autre mec.
— J'aurais du mal, je ne connais que son frère.
— Tu l'as vu avec des potes l'autre jour, y'en aura bien un dans le lot.
— Et je les revois comment ?
— Oh ! Mais tu ne m'aides pas là. Arrête un peu d'être négative.
Je soupire, dépitée.
— Ou alors tu fais en sorte qu'elle le jette, comme ça tu le récupères en douce et elle ne peut rien dire. Et ne me sors pas qu'on ne touche pas aux ex des copines.
— Mouais…
— S'il n'est pas con, il t'aidera.
— Tu veux que je lui dise ?
— Non ! Mais s'il est un peu intelligent, il ne va pas rester les bras croisés et, de lui-même, il bougera. Sinon c'est qu'il n'en vaut pas la peine.
— Oh là là, c'est compliqué… on verra déjà comment ça se passe si je le revois. Sinon, avec ton homme, ça va ?
— Oh oui, top ! Hier on a été au resto. Faut que je te raconte.

Chacune son tour de parler de ses petites histoires. Pendant une demi-heure, j'écoute la vie amoureuse de ma meilleure amie. Bien plus heureuse que la mienne et tant mieux. Il en faut au moins une à qui l'amour sourit. On se quitte en promettant de se donner des nouvelles très vite. Le téléphone c'est bien mais si seulement Sophie pouvait être là…

Alors que je me lève enfin pour prendre un petit déjeuner, quelqu'un sonne à la porte. Il me faut une dizaine de secondes pour comprendre d'où ça vient. Deuxième sonnerie. Je sors de la maison en criant.
— J'arrive !
Peut-être que c'est le facteur.
Lorsque j'ouvre le portail je tombe sur Carole dont le sourire est vite remplacé par une mine surprise.
— Bonjour. Je ne te dérange pas, j'espère ?
— Non, non. J'allais prendre un thé. Entrez, je vous en prie.
— Jolie nuisette.
Je réalise soudain que je porte toujours ma tenue de soubrette. La honte !
— Ah, euh… Je suis allée à une soirée costumée hier.
Carole me sourit tout en me suivant vers la maison. Heureusement que ce n'est pas le facteur.
— Je voulais te proposer d'aller au marché.
— Bonne idée ! Il faut juste que je prenne ma dose de théine pour me réveiller. Que je me change aussi.
— Aucun problème. Tu n'as qu'à filer à la douche et je prépare le thé.
— Non, ça va aller. Je peux…
— Ça ne me dérange pas. Je vais m'en faire un aussi comme ça. J'adore les marques que Lukas achète.
Elle me pousse doucement pour m'empêcher d'entrer dans la cuisine.
— Allez, file dans la salle de bains.

— Vraiment, je...

— File, ta tenue me perturbe.

Un mensonge, évidemment, vu sa tête mais je peux plus rien faire d'autre que d'obéir. Carole ne me laisse pas le choix. Remarquez, se faire bichonner un peu, ce n'est pas de refus.

Quinze minutes plus tard, je retrouve la voisine à la table du jardin, Gibbs sur les genoux, essayant de gratter quelque chose à manger comme toujours. En plus du thé, Carole a préparé des tartines.

— Vous êtes trop gentille !

Carole devait être une maman attentionnée, comme celle de Sophie. La mienne m'a abandonnée sur un parking à l'âge de 3 ans… Ce n'est pas le moment de penser à ça, j'ai bien assez le bourdon comme ça.

Je m'installe et sers le thé à la menthe qui est au chaud dans la théière. Il est vrai que Lukas a de bons goûts en la matière. Rien que l'odeur me fait saliver. Alors que ce n'est que du thé.

— Comment était ta soirée ?

Je hausse les épaules.

— Pas mal.

— C'est tout ? Quel dommage. Tu t'es fait des amis dans le coin au moins ?

— Et bien...

Je soupire. En temps normal, je n'aurais rien dit mais là, j'ai encore besoin de m'épancher. Carole m'inspire confiance alors je me lance.

— C'était chez une copine du lycée que je viens de retrouver. J'ai fait la connaissance d'un homme, et j'ai eu comme un coup de foudre.

Carole paraît fort intéressée. C'est sans doute plus croustillant que les histoires de retraités.

— Je suis certaine qu'il n'est pas indifférent. Sauf qu'il est pris. Par ma copine.

Je mets un sucre dans mon mug et remue, l'air dépité.

— Oh ! Ce n'est pas de chance ça.
— Non... du coup, j'appréhende de les revoir.
— Je comprends.

On prend chacune une gorgée de thé silencieusement, puis Carole reprend :

— Si je peux me permettre, ce n'est peut-être pas perdu.

Je la regarde sans comprendre le vrai sens de sa phrase.

— Oui, je rencontrerai bien quelqu'un d'autre, un jour.
— Ce n'est pas ce que je voulais dire. On ne choisit pas de qui on tombe amoureuse.

Cette fois je manque de m'étouffer. Je rêve ou Carole a le même discours que Sophie, mon amie complètement délurée ? Carole continue sur sa lancée.

— Ne fais rien pour blesser ton amie mais ne t'efface pas non plus. Il se peut que tu découvres que ce n'était qu'un coup de cœur passager, mais il se peut aussi que ce soit plus. Quand j'ai connu mon mari, j'étais fiancée à un autre.

Cette fois c'est moi qui suis captivée.

— Brice et lui étaient à l'armée ensemble et il est tombé amoureux de moi dès qu'on nous a présentés. Il ne tentait rien par respect pour son camarade, cependant plus j'apprenais à le connaître, plus je réalisais que mon fiancé n'était pas l'homme de ma vie. Il faut que tu restes toi-même. Tu ne pourras pas toujours l'éviter, de toute façon.

Je lui souris. Ça me plaît bien plus que les plans compliqués de Sophie. Je ne suis pas manipulatrice pour un sou alors que rester naturelle c'est dans mes cordes. Même si, bien entendu, ça sera difficile de cacher mes sentiments.

— Vous n'aviez pas du tout remarqué qu'il en pinçait pour vous ? Ni votre ex ?

— Lui non, ou il l'a gardé pour lui. J'ai mis quelques semaines à remarquer que les regards de Brice étaient plus qu'amicaux. Mais si tu dis qu'il n'est déjà pas indifférent, ça devrait aller plus vite. Il est d'ici ?

— Non, de Paris, comme moi.

— Encore mieux alors. Les histoires longue distance c'est un cauchemar.

Elle lève sa tasse de thé comme pour porter un toast.

— Bonne chance, jeune fille !

Je ne réponds pas, de peur que ça me porte malheur mais je souris. Et j'engloutis deux tartines pour oublier ma peine.

On termine notre thé en parlant de Paris où Carole n'est jamais allée. Choquée, je lui propose aussitôt de lui faire visiter si un jour elle souhaite découvrir la capitale. On ne reparle pas de mon possible futur mari, Carole n'est pas du genre commère, ce qui est plus qu'appréciable. Je n'arrête pas de me dire que si j'avais eu une grand-mère comme elle, ma vie aurait été différente. Je la connais à peine mais je me sens proche d'elle. Ou alors ces vacances me rendent complètement tarée ?

Nous partons ensuite au marché. Cette sortie me fait du bien, m'empêchant de trop cogiter sur ma vie sentimentale désastreuse. Sur le chemin du retour, vers 13 heures, je reçois un appel de Céline.

— C'est ma copine.

— Naturelle, n'oublie pas.

Prenant mon courage à deux mains, je décroche. J'appréhende quand même un peu : et si une fois qu'elle avait cuvé, Céline avait réalisé qu'il y avait eu flirt entre Elias et moi ? Loin de là à première vue. Elle me propose de passer l'après-midi ensemble à profiter de la piscine et à se gaver de petits fours. Un bon programme, d'autant plus que le souvenir des petits fours de la veille réveille mon appétit. J'accepte, ce qui fait sourire Carole.

Une heure plus tard je débarque chez Céline. Je me suis refait une beauté : un peu de mascara et d'anticernes waterproof, du gloss. Rien de folichon mais qui me donne tout de suite bonne mine. Je porte une robe d'été légère couleur rose, décolleté en V devant et dans le dos. Aux pieds : des tongs pour le côté relax. Je veux être jolie sans avoir l'air de m'être mise sur mon trente et un. En dessous, je porte un bikini vert vif et brillant qui, selon la vendeuse, est en accord parfait avec ma chevelure de feu. Dans mon sac : des sous-vêtements de rechange, mon chapeau, mon portable et des pastilles mentholées. Même si je n'ai pas l'intention d'embrasser Elias, je ne veux pas qu'un relent de petits fours puisse me porter préjudice. Sait-on jamais ! Si ce matin j'ai frôlé la dépression, à présent je me sens inébranlable. Pourvu que ça dure !

Céline m'accueille sur le perron, vêtue seulement d'un trikini, d'un châle en voile et d'un chapeau géant. Avec ça et ses lunettes de soleil énormes, elle a l'air d'une star de cinéma. Sans compter qu'elle a une coupe de champagne à la main. En bref : elle est canon. Je lui fais la bise et plaisante sur sa boisson.

— Champagne, déjà ?
— Il n'y a pas d'heure pour les bonnes bulles. Je te sers une coupe ?
— Je ne sais pas si c'est raisonnable...
— On est en vacances, inutile d'être raisonnable !

Elle m'entraîne vers la cuisine. La maison a retrouvé son état normal et paraît encore plus grande.

— T'as eu le courage de tout nettoyer ?

Céline éclate de rire. Question idiote. Évidemment elle a payé une société pour le faire.

— Tu es trop chou !

Je me sens plus bête que chou mais bon. Ce ne sera certainement pas ma dernière bourde.

La cuisine est la seule pièce qui garde des vestiges de la fête : il reste une bonne dizaine de bouteilles d'alcool et une multitude de petits fours sucrés et salés. Céline en prend un plateau après m'avoir servi une coupe.

— Emmène la bouteille, on va la finir.

J'obtempère et la suis sur la terrasse, fébrile à l'idée de revoir Elias.

— Tu ne m'as pas dit si la soirée t'avait plu ?

— Oh oui, oui, c'était extra ! On aurait dit une soirée de série américaine.

Cette réflexion fait à nouveau rire mon hôtesse.

— Je suis ravie de te faire découvrir d'autres choses, alors. Et dis-toi que ce n'est qu'un début !

Céline me fait un clin d'œil et descend les marches pour aller dans le jardin. De jour, il est encore plus beau que ce que j'ai pu imaginer. Les arbres en fleurs, les statuettes. Il y a une balancelle de chaque côté de la piscine dans des renfoncements. C'est terriblement romantique. Si j'avais un petit ami, nous passerions la plupart de notre temps ici à nous câliner, et plus encore.

En parlant d'homme, Elias est là, allongé sur l'un des transats au bord de l'eau. Mon cœur fait un salto arrière dans ma poitrine, je me maîtrise en agrippant fermement la bouteille de champagne et mon verre. Le bellâtre ne porte qu'un boxer de bain et des Ray-Ban ; même dans ce simple appareil, il reste le mec le plus sexy de la terre. Pourtant chacun sait qu'il est difficile d'être à son avantage en maillot de bain. Lui, avec ses abdos dessinés à la perfection, l'aine marquée juste ce qu'il faut, il est à tomber ! Même ses tétons ont la taille parfaite à mes yeux. J'ai l'envie indécente de les goûter du bout de la langue. Et pas que ses tétons… Je frissonne, je dois absolument me reprendre.

Il se lève quand nous sommes tout près et je jurerais qu'il a un moment d'hésitation en me regardant. Il est même étonné quand je lui fais la bise comme si de rien n'était. Sa réaction se comprend vu notre accrochage dans la nuit mais que puis-je faire d'autre ? Pas facile d'être naturels en tout cas.

Nous échangeons des banalités d'usage pendant que Céline pose le plateau sur un chariot de jardin. Elle récupère la bouteille pour la placer en dessous, à l'ombre et dans un sac isotherme stylé.

— Il ne va pas falloir le laisser trop chauffer.
— Tu aurais dû le laisser dans la cuisine, lui reproche Elias.
— Trop loin. Et il n'y a pas tant de coupes que ça dans une bouteille.
— Si tu le dis.
— Tu en veux ?
— Non, merci. Je vais me baigner un peu.

Il n'est décidément pas à l'aise vu sa précipitation à nous laisser seules. Il pose ses lunettes sur son transat, quand il relève la tête, son regard chocolat croise l'émeraude du mien. J'ai l'impression que la température vient de dépasser les 50° en une fraction de secondes. Heureusement que cet échange ne dure pas. Je lutte pour ne pas le suivre ni le dévorer des yeux quand il plonge. À la place, je me concentre sur Céline qui me parle.

— Mets-toi à l'aise, faut faire dorer tout ça !

Elle accompagne ses paroles d'un geste désignant ma personne tout entière.

— Tu peux prendre le transat d'Elias comme ça on sera plus proches pour discuter. Et je ne serai pas la seule à vider ce plateau !

— Bonne idée.

Je retire robe en douceur pour ne pas avoir l'air trop gauche s'il regarde. Rester naturelle OK, mais il ne faut pas non plus abuser, pas vrai ? Un peu de sensualité ne fait pas de mal.

— Oh j'adore ton maillot ! Les reflets nacrés sont trop jolis.

— Merci.

— Tu l'as acheté où ?

— Une boutique des Halles, je ne saurais pas te dire le nom mais il doit être sur l'étiquette.

— Tu me diras ça alors. Je suis accro aux maillots, autant que les sous-vêtements.

— Ça doit faire plaisir à Elias.

Une façon pour moi de connaître ses goûts, comme si de rien n'était. Mon ex se fichait de me voir en dentelles, il ne prenait jamais le temps de regarder ce que je portais.

— Oui.

C'est tout ? Céline est plus loquace d'ordinaire. Est-ce que ça cache un truc ? Je garde mes réflexions et repousse les lunettes de beau gosse pour prendre place.

— Ça fait longtemps vous deux ?

— Quelques semaines.

La blonde plonge sur les petits fours.

— Tu as goûté ceux au crabe ?

Il semblerait que l'investigation s'arrête là pour le moment. Dommage.

— Je ne sais plus.

Je prends le petit four que ma copine me tend, tout en repensant à mes conversations avec Sophie et Carole. Normalement, au début d'une relation on est tout feu tout flamme, mais là ça tire plus sur les cendres, non ? J'avale le toast en une bouchée.

— Délicieux !

— On commande toujours chez eux. Heureusement qu'on ne vit pas ici sinon je deviendrais obèse !

— J'ai du mal à le croire.

— Oh si ! Tu sais, il n'y a pas de secret pour garder la ligne : il faut se priver.

Voilà une chose que je suis bien incapable de faire et que je n'approuve pas du tout mais on ne va pas en débattre. Je bois un peu de champagne.

— Gabriel n'est pas là ?

— Si, si. Il cuve encore. Il te plaît ?

— Quoi ?!

— Fais pas l'innocente, je l'ai vu te tourner autour hier. Tu ne disais pas non.

Céline est à côté de la plaque, tant mieux en un sens.

— Ton frère est sympa et vraiment mignon, mais... c'est ton frère.

J'ai honte de mon excuse. *Ton frère non, mais ton mec oui. Et plustôt deux fois qu'une.*

Je suis horrible ! Quel monstre s'est emparé de moi ?

— Il est majeur, ça ne me dérange pas. Ce n'est pas comme si tu me parlais pour te rapprocher de lui, pas comme certaines. En plus, il craque pour toi depuis des lustres.

— J'ai cru comprendre...

— Alors ?

Je me trouve plus que gênée.

— Je ne sais pas... La dernière fois que je l'ai vu il avait 14 ans, là c'est presque un homme.

— Presque ? Ne lui dis pas ça, il va se vexer.

Nous rions.

— En tout cas, sache que je ne m'y opposerais pas.

— OK.

— Si on finit belles-sœurs après tout ce temps, ce serait énorme !

Prise au dépourvu, je bois une autre gorgée de champagne. Je n'ai pas du tout envie de me lancer dans ce genre de délires vu que toute mon attention est portée sur un autre homme dans la vie de ma copine. Finalement, je termine ma coupe, ce qui me fait un peu tourner la tête. Note à moi-même pour plus tard : éviter le champagne en plein cagnard.

— Et si on allait se baigner nous aussi ? Je vais étouffer là.

Céline grimace.

— D'accord, mais je finis mon verre d'abord.

— Ça marche ! Je vais mettre de la crème avant de finir en écrevisse. Vive les peaux de rousse !

Encore que j'arrive à bronzer, pas comme certaines. Je fouille dans mon sac et réalise que, trop occupée à me faire une beauté, je l'ai laissée chez Lukas. Je me revois encore poser la bouteille sur le comptoir de la cuisine.

— Mince, tu as de la crème solaire ? J'ai oublié la mienne.

Céline passe le bras sous son transat et en sort une.

— Merci !

Aussitôt je me badigeonne partout où mes bras me le permettent. Elias choisit ce moment pour sortir de l'eau et se diriger vers le plongeoir. Fait-il exprès de passer près de nous pour se montrer ? Je fais mine de pas l'avoir remarqué et je demande de l'aide à Céline pour mon dos. Destin ou coïncidence, le portable de la maîtresse des lieux sonne. Elle le prend aussitôt.

— C'est urgent, précise-t-elle. Elias ! Tu peux lui mettre sa crème ?

Sans attendre, elle s'éloigne pour décrocher.

— Oui, je sais, ça s'affiche...

Je n'en reviens pas. Elle me plante, comme ça, et Elias revient sur ses pas pour me prendre la crème des mains. Quelqu'un me demandet-il mon avis ? OK, je suis bien heureuse de la situation mais tout de même.

— Tu n'es pas obligé, dis-je avec une indignation feinte.
— Je ne vais pas te laisser en galère.
— Je peux y arriver.
— Tu es contorsionniste ?
— Non.
— Allonge-toi, alors...

Il y a une certaine autorité dans sa voix. Je me sens rougir jusqu'aux oreilles en imaginant un autre contexte. Sans me faire prier, je me mets sur le ventre pour qu'il ne remarque rien de mon émoi. Je sursaute légèrement lorsque je sens ses mains au creux de mes épaules. Elles glissent sur ma peau comme un voile chaud et relaxant. Fermant les yeux, je savoure pleinement ce contact à priori innocent. Après tout, Céline l'a ordonné. Oh la la. Je m'en veux de penser ainsi, de me trouver des excuses pour flirter avec son mec. Quelle piètre copine je fais. Mais comment résister ? Je suis faible. Lamentable.

Les mains délicates d'Elias descendent petit à petit, jusqu'à la chute de mes reins, sur laquelle il attarde ses massages, dénouant avec habileté les tensions dans tout mon corps. Comme s'il le sentait justement, il se penche vers moi pour me murmurer de me détendre. Je sens mon entrejambe s'humidifier rien qu'au souffle sur ma nuque.

Il passe alors derrière mes genoux, je frissonne. Il remonte le long de mes cuisses, sans geste déplacé mais il n'y en a même pas besoin pour me rendre folle. Rien que de sentir ses doigts si proches de mon intimité, je suis au supplice. Mon désir pour lui en devient douloureux. Je me mords les lèvres pour ne laisser aucun son me trahir. Mon corps en fait bien assez malgré moi. Je cherche autre chose à laquelle penser mais mon esprit est lui aussi prisonnier des mains expertes du beau brun.

Mais toutes les bonnes choses ont une fin. Et, parfois, ça vaut mieux. J'entends Céline revenir et me redresse pour me retourner.

— Merci… Tu… tu masses bien.

— De rien.

Instinctivement, mes yeux glissent jusqu'à l'entrejambe de mon fantasme et y découvrent une bosse. Je ne peux m'empêcher de sourire, ravie, ce qui n'échappe pas à Elias qui semble un peu gêné.

— Je retourne dans l'eau.

Il se lève d'un bond et passe à côté de Céline sans un mot ni un geste envers elle, puis file au plongeoir. Elle non plus ne lui a pas porté d'attention. Sont-ils simplement en froid ? En tout cas, Céline a l'air contrariée. La séance crème ne lui a peut-être pas plu ? Je m'inquiète.

— Quelque chose ne va pas ?

— Juste mon ex.

Pfiou, je me détends. Ça n'a rien à voir avec moi donc.

— Oh ?…

— C'est bon tu es badigeonnée ? Je suis prête pour la baignade, je suis tellement énervée. Ça va me calmer !

— Je suis prête !

Céline siffle sa coupe et nous allons dans l'eau.

— Tu veux en parler ?

— Plus tard, quand on sera seules.

— Pas de problème.

J'essaie de me comporter naturellement et, en temps normal, je soutiendrais ma copine donc je vais faire au mieux. Cela dit, je me sens tellement mal, j'ai l'impression de jouer sur plusieurs tableaux, de la mener en bateau en quelque sorte. C'est horrible comme sensation. Est-ce que je suis en train de devenir une vraie salope juste pour un mec ? Non, c'est hors de question. Même si j'ai une folle envie qu'Elias me plaque contre un mur pour me faire l'amour, je ne planterai pas de couteau dans le dos à Céline. C'est décidé. Il faut que je tienne bon. Même si c'est un supplice. Parce qu'honnêtement, en entrant dans la piscine, un simple regard du beau brun suffit à me faire me sentir bien faible.

Je nage en me forçant à ne pas lui prêter trop attention. L'ambiance est vraiment étrange. Céline ne va pas vers lui, elle se contente de barboter en nous remémorant des passages de la soirée et se félicitant que personne n'ait vomi dans la piscine. Je cherche quelque chose à raconter avant que la baignade ne tourne à l'ennui total, mais à part répondre à ma copine, rien d'intéressant ne me vient en tête. Elias ne fait rien pour aider, d'ailleurs il nage plus loin. Mode brasse, je fais mes biscottos. Je me décide et m'approche de Céline.

— Dis, ça va vous deux ?

— Qui ça ?

— Bah, Elias et toi.

— Ah ! Euh oui, mais tu sais on a encore un peu la gueule de bois.

— Hum…

Heureusement, Gabriel choisit cet instant pour nous rejoindre. Amen ! Vêtu d'un simple boxer, il est vraiment sexy ce petit con. Il plonge directement dans la piscine et nage vers moi.

— Salut beauté ! Je t'ai manqué ?

J'éclate de rire.

— Tu n'as pas plus ringard ?

Il hausse les épaules, faussement vexé.

— Vous avez l'air de vous faire chier comme des rats morts ! Ou alors vous n'tenez plus la route, les vieux !

Il envoie une gerbe d'eau vers sa sœur qui a l'air ailleurs. Elle râle et promet de se venger. Évidemment, ça le fait rire, mais Céline m'adresse un coup d'œil complice et on se jette sur lui pour tenter de le couler. Peine perdue parce qu'il est plus rapide et plus costaud. Je me retrouve prise au piège de ses bras musclés puis projetée dans l'eau. Une vraie bataille navale s'engage. Gabriel a parfois les mains baladeuses mais je me contente de lui faire les gros yeux. Dans le fond, ça ne me dérange pas plus que ça. Même si je ne l'admettrais pas, ça me plaît qu'il me drague.

Bon sang, dans quoi est-ce que je m'embarque ? J'ai le feu aux fesses ou quoi ?

7. Girls just wanna have fun.

— Après l'effort, le réconfort !

Voilà comment l'après-midi piscine s'est transformé en apéro dînatoire.

Nous sommes tous les quatre installés sur la grande terrasse. J'ai opté pour le fauteuil en forme d'œuf, je le trouve vraiment trop classe. Encore une chose que je n'ai pas les moyens de m'offrir alors au diable la gêne, j'ai décidé de profiter. Non pas d'abuser de la générosité de Céline, ça c'est hors de question, mais de me faire plaisir avec ce qui est à ma portée. Comme lézarder dans ce sublime fauteuil design en regardant Elias jouer les Tom Cruise dans Cocktail. Il s'en sort bien ! Même si le voir torse nu à lancer des bouteilles puis agiter le shaker de ses bras musclés, ça me donne un petit peu trop d'idées. Heureusement, je peux cacher mes envies en jouant les fans à moitié hystériques avec Céline.

— Et un Sex on the beach pour la belle rousse !

Rien que le nom du cocktail fait travailler mon imagination. J'ose me mordiller la lèvre inférieure lorsque je prends mon verre et le barman improvisé a l'air troublé. Cela ne dure que quelques secondes mais je peux le jurer ! C'est un jeu dangereux, je m'en rends bien compte. Je sens le rouge me monter aux joues et bois aussitôt une gorgée, le laissant repartir vers le bar. Qu'est-ce qui m'a pris, sérieux ? L'allumer devant Céline ! Je me sens honteuse mais… terriblement excitée ! Ce deuxième cocktail n'est peut-être pas une bonne idée.

Heureusement, Céline n'a pas l'air d'avoir fait attention, elle rit en observant Gabriel qui a décidé qu'il devait s'essayer au jonglage de bouteilles. Pas de doute qu'il veut aussi nous épater mais c'est raté. Un vrai désastre ! Au moins nous amuse-t-il. Surtout lorsqu'il lâche une bouteille qui tombe sur son pied. Il fait mine d'avoir très mal et on arrête soudainement de rire pour s'assurer de son état. Alors il éclate de rire, fier de nous avoir eues. Ce qui lui vaut une tape dans le dos par sa sœur.

— Aïe ! J'ai quand même eu mal je te signale.

— Oui, oui c'est ça.

Il lui tire la langue comme un gamin et sort des verres à shot.

— Si on jouait ? Action ou vérité. Celui qui refuse de répondre ou d'agir doit boire un shot.

— Oh non, c'est nul ces jeux-là, déclare Céline.

Je n'en suis pas friande non plus. Il faut dire que la seule fois où j'y ai joué c'était en foyer et bon… C'était un autre contexte. Alors que là…

Peut-être que ça peut être drôle tout compte fait.

— Allez Céline, ça pourrait être amusant.

La grande blonde hausse un sourcil.

— Tu aimes bien ce jeu ?

— Pas spécialement mais on va pouvoir filer plein de gages pourris à ton frère.

Elle sourit tandis qu'il râle.

— Oui, c'est une bonne idée, ça ! Je valide.

— Et voilà, je vais être votre victime.

En attendant, il est tout sourire et prépare quatre shots de tequila. Je me tourne vers Elias, réalisant qu'il n'a pas donné son avis.

— Tu es partant ?

Il me fixe d'un regard énigmatique avant de répondre d'une voix lente.

— Oui, ça peut être intéressant.

Ouh la, soit l'alcool m'a fait plus d'effets que je ne le croyais, soit il fait clairement des sous-entendus. Oh non, il ne pense quand même pas flirter avec moi sous les yeux de Céline ? Impossible. Je dois me faire des films. Ou alors je ne pourrai m'en prendre qu'à moi d'avoir allumé la mèche. Je suis dans la merde…

Reprenant place dans mon fauteuil œuf, j'hésite un instant avant de reprendre mon verre en me trouvant mentalement mille excuses pour ne pas être un peu plus sérieuse. Sophie serait fière de moi !

— Je commence. Émi : action ou vérité ?

Je plisse les yeux, je n'ai pas du tout confiance en Gabriel et préfère commencer doucement. Il est capable de me lancer des actions dignes du film « Jeux d'enfants ».

— Vérité.

— Petite joueuse. Bon, et pas droit de dire « vérité » deux fois de suite sinon c'est trop facile.

— Tu vas nous en inventer beaucoup des règles ? me défend Céline.

— Non, juste celle-là. Ah et les actions : pas de trucs sales ni amputations ou quoi.

Tout le monde se met à rire.

— Déconnez pas, y'en a qui vont loin.

— Allez, pose ta question !

— Alors, ma petite Émilie… Quelle est la chose la plus hot que t'aies faite sexuellement ?

Je manque d'avaler de travers. J'aurais dû savoir que même une question peut être dangereuse avec Gabriel. Il a l'air ravi de me voir rougir.

— Sois pas timide, on est entre nous.

Curieusement, j'ai l'impression que tous les regards sont fixés sur moi. Non, en fait ce n'est pas qu'une impression. J'ai le sentiment d'être la plus cruche de la terre parce que je ne vais même pas répondre un truc si chaud que ça.

— Je… je n'ai jamais rien fait qui soit super hot… Une branlette espagnole ?

Céline me lance un regard compatissant, Elias reste neutre et Gabriel se retient avant d'éclater de rire.

— Oh, j'imagine que toi tu as fait des choses extraordinaires, monsieur bête de sexe !

— Waouh, mais c'est qu'elle sort les griffes ! Ce n'est pas grave si tu n'as pas… hey t'es vierge, Émilie ???

— Ça, c'est une autre question.

Ouf, sauvée par Elias. Gabriel soupire en souriant mais n'insiste pas.

— À toi, Emilie.

J'ai envie de lui crier que non, je ne le suis pas ; je n'ai pas envie de passer pour encore plus niaise, mais tant pis. Je préfère laisser Gabriel se torturer les méninges. Et puis, comme ça, il posera la question et ça m'évitera qu'il m'en pose une encore plus délicate.

— OK à moi. Tiens, Elias.

Mille questions fusent dans mon esprit, presque toutes impossibles à poser devant Céline. Je fais un rapide tri mental ultra rapide. Il dit « vérité ».

— Qu'est-ce qui t'a plu chez Céline ?

Je me mords la langue. Franchement, je n'aurais pas pu trouver pire encore ?

Il a l'air surpris – tu m'étonnes ! – et Céline se tortille sur sa chaise.

— Eh bien… en premier lieu, j'ai flashé sur son sourire, ensuite son corps, je ne vais pas le nier. Et euh, j'aime sa jovialité.

Je le regarde : genre, c'est tout ?

— Je pourrais énumérer plein de choses mais j'imagine que tu voulais dire ce qui m'a plu en premier, non ?

— Euh oui…

Décidément, ce n'est pas l'osmose entre eux. Autre chose me saute aux yeux et me met le doute : s'il a flashé sur la plastique parfaite de Céline, pourquoi passerait-il à une fille comme moi ? Mignonne mais loin d'être parfaite et rentrant dans du 40, parfois même 42. Sophie surgit dans ma tête pour me sommer d'arrêter de penser négatif.

Elias enchaîne et le jeu continue. Il y a des gages avec de l'alcool, des histoires de massage, je dois smacker Gabriel qui choisit toujours des gages pour se faire plaisir. Je n'ose pas faire de même avec Elias, ça la foutrait mal. D'ailleurs, quand il me demande quel est mon genre d'homme, je rougis et mens un peu sinon autant répondre que c'est lui. C'est ensuite au tour de Céline d'embrasser la personne la plus sexy. Choix limité bien sûr mais quand j'ai posé cette question, je voulais voir s'il y avait connexion entre elle et Elias. Je ne m'attendais pas à ce que ma copine s'approche de moi ! Ça doit être pour me taquiner et ça marche. Je glousse et Gabriel siffle, tout excité, avant de râler comme s'il allait se faire piquer sa future copine. Elias ne paraît pas jaloux, il n'a pas non plus de regard lubrique mais un sourire amusé. Céline pose ses lèvres sur les miennes et me donne un doux baiser. Première fois qu'une fille m'embrasse. Ce n'est pas désagréable mais toute la situation est tellement bizarre. Je me laisse faire jusqu'à sentir la langue de Céline et recule en riant.

— Oh, oh ! Doucement !

Elle me fait un clin d'œil en se redressant.

— Je vais être jaloux, lance Elias en me regardant.

Euh… Il insinue ce que je pense qu'il dit ou je suis en train de fantasmer à bloc ?

— Non, c'est moi le jaloux ! Il lui faut tout le monde à cette blondasse !

Céline passe près de son frère et chope le bol à glaçons qu'elle lui vide dans le dos. Il pousse un cri de surprise en se relevant pour se secouer.

— Voilà ce qu'elle te dit la blondasse, minet !

— Vengeanceeeeeeeeeeee !!!

Gabriel se rue sur sa frangine qui veut esquiver mais il parvient à l'attraper pour la chatouiller. Céline appelle à l'aide, alors nous volons à son secours. Sauf que les garçons unissent leurs forces pour s'en prendre à nous, les lâches ! Entre deux crises de rire, je sens des mains baladeuses mais c'est impossible de savoir à qui elles appartiennent. Gabriel, Elias, ou même Céline ? Je m'en fiche, je me marre trop et rends la pareille comme je le peux.

À bout de souffle, je finis par implorer la pitié des chatouilleurs qui ne veulent rien savoir, de vrais gosses ! À force de me tortiller dans tous les sens, je réussis à leur échapper et commence à m'éloigner mais Elias me repère.

— Tu ne vas pas t'en sortir comme ça !

Le traître ! Gabriel relève la tête et les deux abandonnent Céline pour se lancer à ma poursuite. Je glousse comme une ado et me mets à courir autour de la piscine en poussant des petits cris. Ça a un côté très excitant de se faire poursuivre par deux beaux mâles, ou bien est-ce encore l'alcool qui me rend totalement désinhibée !? Je me retrouve coincée entre les deux et préfère me jeter moi-même à l'eau. Gabriel peste.

— Tu triches !!

Dans la piscine, je lui tire la langue en riant.

— Ah, tu veux jouer à ça ?

Mince, qu'a-t-il encore en tête ? Il plonge et même si je nage le plus vite que je peux vers le bord, il me rattrape sans effort. Ce n'est pas juste ! Il m'attrape par la taille et me tire vers lui. Je me débats en riant.

— Lâche-moi !

— Oh non, non ! Tu dois être punie !

— Dans tes rêves !

Je me secoue de plus belle et il relâche son emprise. Je m'écarte rapidement, contente de lui avoir échappé et me tourne vers lui. L'air ravi de Gabriel, et surtout le fait qu'il ne cherche même plus à m'attraper, réveille mon instinct : quelque chose ne tourne pas rond. Comme un gamin fier de sa connerie, Gabriel sort sa main de l'eau et agite le haut de… mon bikini ?! Ma bouche s'ouvre en un immense O aspiré, je me couvre aussitôt la poitrine.

— Rends-moi ça tout de suite !

— Viens le chercher.

— Tu…

Je grogne, je sais que je n'obtiendrai rien de lui. En tout cas, pas sans contrepartie. Je suis à la fois amusée et outrée. Je tourne la tête et vois Elias assis au bord de la piscine, qui nous regarde en souriant.

— Je suppose que ça t'amuse, toi aussi ! l'accusé-je, faussement énervée.

Il lève les mains comme s'il n'y pouvait rien. Avec son air innocent, il est absolument craquant… et j'ai les seins à l'air… OK, ce n'est pas le moment de penser à ça ! Mais bon sang, où est Céline ?

— Tu cherches de l'aide ?

Je hausse les épaules sans même regarder Gabriel. Céline n'est plus là.

— Où est ta sœur ?

— N'essaie pas d'esquiver.

— Non, sans déconner, je ne la vois plus.

Il regarde vite fait et hausse à son tour les épaules.

— Peut-être aux toilettes, qu'est-ce que j'en sais ? Alors, tu viens le chercher ?

J'hésite dans un soupir. Si j'y vais, j'ai une chance pour qu'il me vole aussi ma culotte ! Quelle autre option ? Sortir de la piscine par les escaliers, mains sur les seins ? Oui, c'est faisable. Mode naïade, je serai peut-être même un peu sexy.

— Je ne te donnerai pas ce plaisir, clepto !
— Mais…

Il me regarde m'éloigner en réalisant qu'il a perdu.

— Émilie ! T'es pas drôle !

Je lui fais un doigt d'honneur sans me retourner.

— Et vulgaire en plus ! Oh j'adore ça !

Je pouffe et finis par sortir de l'eau. Gabriel siffle. Il est intenable celui-là. Je jette un coup d'œil à Elias, il me suit du regard ce qui provoque une vague de chaleur dans mon bas ventre. Pire encore quand il se mord la lèvre inférieure. Ce mec va me rendre dingue sans même m'avoir fait quoi que ce soit ; ça devrait être interdit ce genre de types ! Je me hâte pour retourner à la maison et appelle Céline. Pas de réponse mais je finis par entendre du bruit en provenance des toilettes.

— Céline, ça va ?

La porte s'ouvre et elle me sourit.

— Oui, c'est eux avec leurs chatouilles, ça m'a filé la gerbe… Pas très glam. Mais qu'est-ce que tu fous à moitié à poil ?!
— Oh, c'est ton frère qui me l'a volé dans l'eau.
— Pff, celui-là, je te jure. Viens, je vais te passer un haut.

Nous nous rendons dans la chambre qu'occupe Céline, et donc Elias. Et dire qu'ils font l'amour dans ce lit… Ça me fout trop les boules d'y penser et, en même temps, j'ai l'envie folle de me rouler dans les draps pour sentir son parfum viril. OK, je déraille complet.

— Tiens, mets ça.
— Merci.

J'attrape le T-shirt et me trouve un peu gênée que Céline me regarde. Ou me fixe pour être plus exacte. D'accord, on est entre filles mais elle pourrait regarder ailleurs.

— Ils sont beaux.
— Quoi ?

J'enfile rapidement le T-shirt pour me couvrir. Il est un peu grand, m'arrivant au niveau des fesses.

— Tes seins. Ils sont beaux.

Je deviens pivoine. Je crois bien que même aucun mec ne m'a dit ça.

— Ah, merci…
— Ne rougis pas, c'est la vérité. En prime, ils tiennent bien pour des vrais.
— Je… oui, j'ai jamais trop fait attention.

Céline soupire.

— Émilie, va falloir apprendre à réaliser ton potentiel.

Je la regarde comme si elle parlait chinois puis ouvre de grands yeux ronds quand elle retire complètement son maillot. Je vérifie aussitôt si la porte est ouverte. Oui. Ça ne gêne pas Céline qui continue à parler en enfilant un bas de jogging peau de pêche sur ses longues jambes dorées.

— Tu penses quoi des miens ?
— Qu…

Je me tourne vers elle, mal à l'aise. Au contraire de moi, elle exhibe fièrement sa poitrine plus que parfaite.

— Hey, on est entre filles, ne stresse pas.

Céline me prend la main et la pose sur un de ses seins pour me faire palper.

— Silicone. Ça fait plus naturel au toucher.
— Ah…

Effectivement, je ne sens pas la différence. Enfin, si je dois comparer avec les miens. Parce que tripoter mes copines ne fait pas partie de mes hobbies.

— Ils sont bien faits en tout cas. Très beaux.

Céline est ravie.

— T'es trop mignonne quand tu rougis.

Je retire ma main pour la porter à ma joue. C'est trop bizarre pour moi tout ça. Je ne suis pas habituée. Jamais, avec mes copines du foyer ou autres, on ne s'était amusées à comparer nos corps, loin de là. Et avec Sophie non plus, en fait. On s'est déjà déshabillées dans une même cabine ou des trucs comme ça, mais on n'a pas pris le temps de se mater. Disons que c'est plus naturel. Pas comme maintenant. Ou alors c'est moi qui en fais tout un pataquès.

Céline enfile un débardeur, sans soutien-gorge, et la veste assortie à son jogging. Punaise, même comme ça, elle reste canon. Je soupire, dépitée.

— Qu'est-ce que t'as ?

— Comment tu fais pour être parfaite tout le temps ? Regarde-moi, j'ai les cheveux en bataille ! On dirait Fifi brin d'acier.

Céline éclate de rire. Elle tire sur le T-shirt que je porte, me dénudant une épaule qu'elle effleure du bout de ses doigts manucurés.

— Je vais te faire une confidence.

Elle relève la tête vers moi, je m'apprête à boire ses paroles comme celles d'un gourou.

— Je fais du sport deux heures par jour, je dépense un fric monstre toutes les semaines en fringues, coiffeur, esthéticienne et j'en passe. Et j'ai fait de la chirurgie, même une petite lipo mais ça, vraiment, ça reste entre nous.

Je hoche machinalement la tête pour acquiescer. Bon il n'y a pas de secret, pas de recette miracle : il faut trimer et dépenser des sous. Deux choses que je ne ferai pas. 1/ parce que je suis une flemmarde. 2/ parce que je n'ai pas les moyens. Je suis donc condamnée à être standard. Céline me sourit et pose un baiser sur ma joue.

— Ah, Émi... Moi, je me tue pour être désirable, toi, tu l'es naturellement.

Pardon ? Je cligne des yeux. Céline n'a jamais eu l'air aussi sincère. J'ai même l'impression qu'elle est envieuse. Comment ça peut être possible ? Je veux dire : ce n'est pas sur les filles comme moi que la plupart des mecs se retournent mais sur elle. C'est ce genre de filles qu'ils rêvent tous d'avoir ! Un corps parfait, de superbes cheveux, un beau visage. Mannequin, quoi !

Des bruits de pas dans le couloir nous sortent de nos pensées. Il faudra quand même qu'on reparle de ça car je ne comprends pas. Je ne me doutais même pas que Céline puisse manquer de confiance en elle. Elias frappe à la porte, même si elle est ouverte.

— Vous êtes visibles ?
— Oui, oui.

Il passe la tête. Son regard caresse mon épaule dénudée avant de se poser sur sa petite amie.

— Vous êtes en mode pyjama ?

Oups, moi qui pensais il y a deux secondes qu'il me trouvait sexy comme ça.

— Pourquoi ?
— Ton frère propose qu'on sorte.
— Je ne sais pas. T'en dis quoi, Em' ?
— Je n'ai pas envie de dormir.

Ma réponse les fait rire.

— On se change tous, alors !
— OK, soyons fous.

Céline se tourne vers moi pendant qu'Elias quitte la pièce.

— Bon, viens, ma belle, je dois avoir quelque chose pour toi.

— J'ai ma robe…

— Trop simple. On va être parfaites toutes les deux ! Non, plus que parfaites !

Céline m'aide à me recoiffer et à me maquiller. Puis elle me sort une robe dos nu en m'interdisant de porter un soutien-gorge. Ouh là ! Challenge ! Encore une chose que je n'ai jamais faite. Il n'y a que lorsque je traîne en pyjama toute la journée que je ne mets pas de soutif. En plus, la robe m'arrive à mi-cuisse ; qu'est-ce que ça doit être quand c'est elle qui la porte ! Je me fais violence pour oser descendre avec. C'est quand je vois le regard gourmand d'Elias sur moi, et la bouche bée de Gabriel que j'abandonne l'envie de me changer.

— Les filles, vous avez envie qu'on se batte ce soir ?

La question d'Elias fait rire Céline qui passe son bras sous le sien pour sortir. Gabriel me propose le sien.

— Tu es à croquer, Emi'…

Je glousse comme une bécasse et suis le couple, heureuse malgré la situation.

Une demi-heure plus tard, nous arrivons dans un bar night-club en bord de mer. Le genre d'endroits qu'on n'imagine que dans les films, avec une piste de danse ouverte sur la plage et des tables pieds dans le sable. *Oh ma Kaye, si tu voyais ça !*

À peine arrivés, Gabriel commande un magnum de champagne. Nous sommes ainsi installés à l'une des meilleures tables et la bouteille arrive peu après dans un seau rempli de glaçons et de bougies pétillantes. La seule fois où j'ai vu ça, c'est dans les reportages sur la jet-set. Je me sens privilégiée. De nombreux regards sont rivés sur nous, j'ai l'impression d'être dans un épisode de Gossip Girl ou

Beverly Hills, c'est grisant. On nous offre même une assiette de macarons. Décidément.

Je ne peux m'empêcher de sortir mon téléphone.

— Oh oui, bonne idée !

Et Gabriel s'empare de mon téléphone pour le tendre au serveur.

— Prends-nous en photo, s'te plaît !

Pas le temps de réagir que je me retrouve en sandwich entre le frère et la sœur pour une photo à quatre. Au moins, je n'aurai pas à trouver un subterfuge pour envoyer une photo d'Elias à Sophie. Le flash m'éblouit et je me retrouve avec des points blancs dansant dans les yeux. J'espère que la photo est réussie quand même.

— Fais voir si je suis bien !

Céline veut jeter un œil à la photo. Elle me la montre et je cligne des yeux pour bien voir mais j'ai du mal.

— On est au top ! lâche Céline.

Gabriel regarde et la veut aussitôt.

— Envoie-la-moi, poupée !

Je récupère mon téléphone et en profite pour mieux regarder. Effectivement, on est tous bien sur la photo. Même moi, pour une fois, mon sourire n'est ni coincé ni moche.

— Je n'ai pas ton numéro.

— Quoi ? Mais c'est un scandale ! Donne, je vais remédier à ça !

Une fois encore, mon téléphone disparaît d'entre mes mains et Gabriel pianote en vitesse dessus.

— Voilà. Je vais l'envoyer aux autres.

Mince, c'est loupé pour avoir le numéro d'Elias. En même temps, je me vois mal lui envoyer des textos ou l'appeler en douce ; il ne faut pas pousser mémé dans les orties. Je ne serai donc pas tentée. Gabriel me rend mon appareil et j'en profite pour envoyer la photo à Sophie avec ce message :

Moi : Ma Kaye, on est ds une boite c 1 truc 2 fou ! Mate nos gardes du corps… Biz tu me mank !

Alors que la photo part, j'entends le bruit caractéristique d'un bouchon de champagne qui saute. Elias remplit les coupes, il sert Céline puis se rapproche de moi pour m'en proposer une.
— Merci.
— À qui tu as envoyé la photo ?
Tricard !
— À ma meilleure amie.
Il a un petit sourire en coin qui le rend absolument craquant.
Je n'en peux plus de ce mec !!
Mon cœur manque un battement. Merde, est-ce qu'il a compris pourquoi j'envoie la photo ? Il sert Gabriel puis lui-même.
— Trinquons à cette soirée !
Les verres se lèvent et s'entrechoquent.
— Dans les yeux, insisté-je.
Ce que nous faisons tous. Évidemment, le regard de braise d'Elias fait monter la température de 100° facile. Je me hâte de porter la coupe à mes lèvres pour ne pas rester à le fixer. Il se penche soudain vers moi pour murmurer :
— J'adore quand tu rougis.
Oh bordel ! Il n'a pas pu dire ça ? Si ? Mes jambes manquent de me lâcher pour de bon, j'ai une bouffée de chaleur qui ferait fondre la banquise ! Je ne sais même pas comment réagir. Bien entendu, qu'Elias se rapproche de moi et laisse tomber Céline est clairement ce que je veux mais soudainement, flirter avec lui à moins d'un mètre de ma copine me met terriblement mal à l'aise. Je n'ose même pas le regarder,

de peur, surtout, de me jeter sur lui. Elias ne dit rien de plus et regarde ailleurs comme si de rien n'était.

Je bois ma coupe presque d'une traite, comme si l'alcool allait vraiment pouvoir m'aider. Céline monte sur les fauteuils pour dépasser les garçons et me rejoindre.

— Allons danser ! J'adore cette chanson !

— Grave ! Moi aussi !

C'est « Sweat » mais en fait celle-là ou n'importe laquelle de David Guetta, je les aime toutes ! Je termine mon verre et Céline me prend la main pour m'attirer sur la piste. Elle ne se gêne pas pour donner quelques coups de fesses et faire comprendre que c'est nous les reines de la piste, donc qu'il nous faut de la place. Nous commençons à danser, ou plus précisément, à nous déhancher de façon de plus en plus sexy.

Les chansons défilent, les verres aussi. J'ai les bulles qui me montent à la tête ; jamais je ne me suis autant laissée aller. Céline se colle parfois à moi, m'invitant à me mouvoir lascivement ce qui me donne l'impression d'être Beyonce ou Shakira, c'est-à-dire outrageusement sensuelle et désirable ! Et pour une fois, ce ne doit pas être que dans ma tête parce que rapidement il y a comme un essaim de mecs autour de nous. Au début, je ne fais pas attention mais je me sens vite oppressée. Certains nous collent trop, d'autres – ou les mêmes – me soufflent des mots plus ou moins indécents. Ça ne va plus. Je lance un regard désespéré à Céline mais elle danse avec l'un de ses prétendants. Même pas avec Elias ?! Ce couple est vraiment étrange… Libertin ? Je frissonne à cette idée. Ça se trouve, je plais aux deux ? L'angoisse !

N'en pouvant plus, je pousse un juron quand je sens une main sur mes fesses et me retourne, furieuse.

— Ça va pas, non ?!

Pour un peu je lui en aurais décollé une.

— Quoi ? Tu fais ta chaudasse, faut assumer, ma belle.

— Pardon ? Et je ne suis pas ta belle, pauvre type !

Je le repousse pour passer mais il me retient par le bras. Je tire pour me libérer mais il resserre son emprise.

— Lâche-moi !

Il m'attire vers lui mais un bras musclé se glisse entre nous. Je reconnais le bracelet de force d'Elias avant même d'avoir levé les yeux vers lui. Il a le regard dur ; la ride du lion entre ses sourcils froncés et sa mâchoire serrée lui donnent un air flippant. Même moi j'en tremble.

— Lâche-la, tout de suite.

— Sinon quoi ?

Cet abruti est visiblement trop saoul, ou extrêmement con, pour ne pas se rendre compte qu'il ne faut pas chercher le beau brun qui le dépasse en hauteur et en largeur. Je panique à l'idée qu'une bagarre éclate mais Elias ne répond pas. Cependant, avec une rapidité déconcertante, je suis libérée et le relou se retrouve avec une clé de bras. Le vigile arrive en moins de deux et Elias pousse le gars vers lui en lui disant quelques mots que ne peux entendre à cause de la musique. Mais le plus important c'est que… Ouah ! Il vient de me défendre, comme un preux chevalier, et il a été plus sexy que jamais ! Chose que je n'aurais pas pensé humainement possible. Il revient vers moi et me fait redresser le menton avec un doigt. J'ai l'impression que le temps s'est arrêté, je n'entends même plus la musique, je ne vois plus les autres.

— Ça va ? Il ne t'a pas fait mal ?

Il prend délicatement mon poignet et je ne peux contenir un long soupir qui fait enfler ma poitrine. Elias caresse la légère marque à l'intérieur de mon poignet. Son contact m'électrise. Je retire ma main trop vite. Il a l'air blessé. Mais je ne peux pas le laisser continuer sinon je ne pourrai plus garder mes distances. Retour à la réalité !

— Je vais bien… merci. On devrait ramener ta petite amie !

Le regard d'Elias s'assombrit et il se détourne pour chercher Céline qui s'accroche à lui comme à une bouée de sauvetage. Je fais demi-tour pour revenir à la table et ne plus les voir enlacés. Je me retrouve face à un mur d'abdos en béton mais que je connais cette fois.

— Gabriel ! Qu'est-ce que tu fous à moitié à poil ?

Je parle fort pour qu'il m'entende. Il se penche pour me répondre et glisse ses mains sur mes hanches.

— J'ai chaud !

J'éclate de rire. Ce mec a le don d'apaiser mes tensions sans même s'en rendre compte.

— Simplement.

— Bah oui. Tu ne danses plus ?

— Non, je fais une pause. Trop d'emmerdeurs.

— C'est quand même pas de moi que tu parles ?

Il a une moue boudeuse qui lui va si bien.

— Mais non !

La musique change et devient trop clubbing pour mes oreilles.

— J'aime pas cette musique, je vais m'asseoir un peu.

— Tu veux que j'te tienne compagnie ?

— Ça va aller, merci !

Il soupire. Il sent le champagne, ça pourrait être pire.

— T'aurais pas dit non à Elias, hein.

Ouah ! Là, j'ai l'impression de dessaouler d'un coup.

— Quoi ?!

Il hausse les épaules et me lâche pour s'enfoncer parmi la foule de danseurs. Je reste pantoise un moment. A-t-il capté quelque chose ? Je me croyais pourtant discrète. Et s'il parle à Céline ? J'hésite à le rattraper mais il ne vaut mieux pas.

Je ne retourne finalement pas à la nôtre mais dépasse les autres tables et fauteuils pour atteindre la plage. Il me faut de l'air ! Je retire mes nus pieds. Sentir le sable frais me fait un bien fou. Je tiens mes chaussures à une main avec les lanières et de l'autre, je sors mon téléphone portable. Sophie a répondu.

Sophie : Mazeltov !!! Il est beau comme un dieu ton gladiateur ! C ki le 2e ?

Deuxième message :

Sophie : J'ai checké sur fb. C'est le frère de ta pote. CANON ! Prends les 2 ;)

Ça me fait sourire. Tout serait si simple si Sophie était là. Je soupire. Il est 3 h 27, mon amie dort sans doute mais j'ai besoin de lui parler. Je tente un appel. Pas de réponse. Tant pis. Je ne laisse pas de message.

Je m'éloigne un peu de la discothèque pour marcher. L'air marin me remettra peut-être les idées en place, parce que là, honnêtement, je ne sais plus si je dois continuer. J'ai peur des foudres, justifiées, de Céline. De gâcher une amitié qui repart pour, au final, me retrouver toute seule. Je finis par me laisser choir dans le sable à quelques mètres des vaguelettes qui viennent lécher la plage. La nuit est claire, les étoiles brillent mais tournent un peu. Ou alors c'est dans ma tête. Je m'allonge, frissonnant au contact du sable froid dans mon dos. Ce serait tellement romantique avec un homme… et sans cette nana qui vomit pas loin. Je tourne la tête et reconnais Céline. Merde. Elias lui tient les cheveux. Ce mec est parfait ou quoi ? Ah non ! Il a flirté avec moi alors qu'il est pris. C'est un salaud. Un de plus. Ou je me suis fait des films ? Plus rien n'est clair… Je me relève avec un peu de mal et les rejoins.

— Tu veux que je demande de l'eau ?
— Elle en a eu déjà. On va devoir rentrer.
— Nooooonnn… lâche mollement Céline.

Elias l'ignore.

— Tu peux rester avec Gabriel, sinon. Il rentrera en taxi.
— Non, c'est bon, j'ai assez dansé. Je vais rentrer avec vous. Il est au courant ?
— Oui, oui.
— Moi, je veux danser…
— Tu danseras à la maison.

Il a l'air blasé.

— Va rapprocher la voiture, je vais la gérer.
— Tu es sûre ?
— Oui, vas-y.

Il hésite puis s'éloigne. Je me penche au-dessus de ma copine pour relever ses cheveux.

— Alors, ma poule, on ne sait plus boire ?
— Rhooo… Je crois que j'ai trop fait l'Orangina.

On rit toutes les deux.

— Tu penses vomir encore ? Ou on peut avancer tranquillement vers le parking ?

Céline se redresse, son maquillage a un peu coulé mais le moins qu'on puisse dire c'est qu'elle est malade avec classe.

— Ne me parle plus de vomir.
— Promis. Je t'aide à marcher ?
— Oui, je me sens un peu vaseuse.

Elle prend appui sur moi et nous avançons doucement. En passant pas loin des tables, je vois Gabriel à la nôtre, en train de rouler des pelles à une… non, deux filles.

— Oh bah ça va pour ton frère !

Céline regarde vite fait.

— Ça pourrait être toi.

— Moi ? Avec une autre fille ? Non, merci.

— Ah oui, pas faux… C'est encore loin la voiture ?

— Non, un petit effort. Ton chéri va rapprocher la voiture.

— Qui ?

— Elias.

— Ah oui ! Il est chouette, Elias. Mais il n'aime pas quand je bois trop.

— Hum…

— Il est coincé du cul des fois, non ?

— Je ne sais pas.

— Si, si. Je te le dis. On fait un beau couple ?

Bam, la question qui tue.

— Euh… oui.

— Cool. C'est ce qu'il faut.

— OK…

Conversation avec Céline bourrée et sans décodeur, pas facile.

— Tiens, le voilà !

Elias vient vers nous.

— Mon chériiii !

Céline me lâche pour tendre les bras vers lui. Elle manque de tomber et il la rattrape. Cette fois, il la porte carrément. On dirait Superman. Je le regarde faire, envieuse. Je payerais cher pour être à la place de Céline. Sans l'haleine de chacal.

— Tu peux m'ouvrir la porte arrière ?

— Ah, euh, oui, pardon.

Je m'exécute et Céline est installée à l'arrière où elle s'endort aussi sexe. Non, sec. Décidément, j'ai les idées mal placées dès qu'Elias me frôle. Je me dépêche d'aller m'installer à l'avant, côté passager. Ceinture bouclée, Elias met également la sienne et redémarre.

— Tu veux que je te dépose chez toi ?

— Mon sac avec les clés est chez Céline…

— OK, alors on la couche et je te ramène si tu veux.

— D'accord, dis-je alors que mon corps tout entier réclame de dormir entre eux.

J'ai vraiment les idées tordues… Perverses et tordues.

8. Sha-la-la-la-la-la, my oh my...

Une fois à la maison, j'ouvre la porte pour qu'Elias puisse porter Céline jusqu'à son lit. J'observe encore la scène avec une pointe de jalousie. Il disparaît dans les escaliers et je m'affale sur un fauteuil. J'essaie un peu de faire le point. Ce qui n'est pas simple avec tout ce champagne. Je craque pour le mec de ma copine, copine que je viens à peine de retrouver, leur couple est bizarre, il a l'air de me kiffer et… et quoi ? Bonne question. Je soupire et me cale un peu plus dans le fauteuil.

La voix d'Elias me parvient de très loin puis semble se rapprocher. Jusqu'à ce que je cligne des yeux et le vois en face de moi. Il me faut au moins dix secondes pour comprendre que je ne suis pas en train de rêver.

— Je ne voulais pas te réveiller mais tu vas être toute cassée demain si tu dors sur ce fauteuil. Il y a une chambre d'ami.

— Non, ça va aller… Je vais prendre le scooter.

— Hors de question.

— Qu…

— Tu as bu et tu es fatiguée, si tu veux rentrer je te ramène.

— Mais non, je peux rentrer comme une grande.

— Non.

Il a un regard dur qui n'acceptera aucune négociation. Et ça le rend terriblement désirable. Ce mec est une vraie torture en fait. Quoi qu'il fasse, je suis en chien [6] !

— OK…

---

[6] Être en manque de quelque chose ou en avoir énormément envie.

J'ai presque murmuré tant il m'impressionne. Il retrouve son regard doux et sourit. Je me liquéfie sur le fauteuil.

— Parfait. Prête ?

Je hoche la tête et me relève, la tête un peu dans le cirage. J'aurais peut-être dû accepter de dormir ici en fait, mais si je change d'avis maintenant je vais passer pour une gamine qui ne sait pas ce qu'elle veut. Je suis donc Elias et me réinstalle côté passager dans la voiture. Il démarre après s'être assuré que j'ai bien ma ceinture, comme lui.

— Il faut que tu m'indiques le chemin.

— Euh… je me sers du GPS encore. Tu veux l'adresse, c'est ça ?

— Oui.

Il ralentit pour l'entrer dans l'outil qui va nous guider et roule ensuite à une allure correcte. Qu'il est sérieux !

Il en faut au moins un.

— Musique ? propose-t-il.

C'est pour esquiver la discussion ou bien ?

— OK.

Il allume l'autoradio et un son tonitruant emplit la voiture, me faisant sursauter. Il peste et je couvre mes oreilles. Il baisse rapidement et se met à rire.

— C'est Marilyn Manson.

— Je t'avoue que mon cœur a failli lâcher.

Il se tourne vers moi, tout sourire.

— Attends, j'en mets une plus calme.

Il zappe et on passe de « Kiddie Grinder » à « Coma White ».

— J'aime beaucoup ses vieux albums.

— Je ne peux pas dire que je connais bien, juste quelques chansons. Les plus connues, je suppose.

— Et t'aimes bien ?

— Celles que je connais, oui. Ma préférée est sa reprise de « Tainted Love ». J'adore Depeche Mode.

— Moi aussi ! Je suis allé les voir en concert à Londres.

Je suis ravie d'avoir un point commun, aussi futile soit-il.

— Ça devait être génial ! Je ne suis pas allée à beaucoup de concerts et je crois que le dernier c'était Justin Timberlake.

— Un autre genre, mais j'aime bien ce qu'il fait. En fait, tu écoutes de tout ?

— Presque. Je n'aime pas ce qui bourrine trop et le rap trop hard.

— Je vois.

— Et toi ?

— Je crois que je peux tout écouter tant que mes oreilles apprécient la musique. Parfois, je n'écoute même pas les paroles.

— Ah oui ? Curieux.

— Tu trouves ?

— Un peu. Mais peut-être que t'es musicien ?

— J'ai fait de la basse mais c'était il y a longtemps.

— Pourquoi t'as arrêté ?

— Je jouais avec des copains et puis j'ai commencé à travailler, à sortir et j'ai eu moins de temps, tu sais ce que c'est…

— Pas vraiment, mais j'imagine. Ça te manque ?

— Parfois.

— Alors tu devrais rejouer. J'aimerais bien t'écouter.

Il marque le stop plus longtemps qu'il ne le faut pour me regarder. Son air est indéchiffrable.

— Qu'est-ce qu'il y a ?

— Rien.

Il redémarre, un sourire flottant sur ses lèvres. Mince ! Encore une fois, je donnerais n'importe quoi pour savoir à quoi il pense.

— Et toi, tu as une passion ?

Je hausse les épaules. Je n'aime pas trop cette question, je me sens toujours débile quand je réponds. Inintéressante. J'envie ces gens passionnés, à fond dans un hobby ou autre. Moi, il n'y a rien qui me fasse vibrer à ce point.

— J'aime et je m'intéresse à beaucoup de choses mais de là à dire que j'ai une passion, non.

— Alors dis-moi ce que tu aimes.

— Lire, sortir avec ma meilleure amie, jouer aux Sims, les animaux, aller au cinéma – j'y vais à peu près deux fois par semaine.

Je me mords la langue en réalisant que je passe pour une no life en puissance. Je l'observe du coin de l'œil pour voir s'il a l'air déçu mais non. Ouf. Je n'ai pas envie de passer pour la fille ennuyeuse.

— Je faisais ça aussi quand j'avais la carte. Quels films tu vas voir ?

— Tous. À part les films d'intello ou de mafieux, ça me saoule.

Bam ! Là, je risque de passer pour une idiote qui ne comprend pas les films d'art et d'essai. Cela dit, c'est vrai que la plupart du temps je n'y pige rien.

— Je comprends ! Ce n'est pas ma tasse de thé non plus.

Me voilà rassurée, je ne suis pas la seule.

Il ralentit, nous sommes arrivés. Pff déjà. Je défais la ceinture de sécurité avec lenteur, je n'ai pas envie de quitter cette voiture. Et si je l'invitais à boire un dernier verre ? Non ! Un café ? Ce serait plus raisonnable.

— Merci de m'avoir ramenée.

— C'était un plaisir.

Si seulement je pouvais l'embrasser, là, pour sûr, je le ferais ! Mais je n'ose pas et c'est sans doute mieux ainsi. À défaut, je fouille dans la pochette que Céline m'a prêtée. Oh-oh. Il va me détester.

— Oh non…

— Quoi ?

— Les clés sont dans mon sac. Chez Céline.

Je lui lance un regard de chat potté, façon Gibbs mais version honteuse, crispée. Il éclate de rire. Je me détends.

— Bon, eh bien on aura fait une balade. Retour au point de départ.
— Je suis désolée.
— Ce n'est pas grave. Tu voudras que je te ramène encore ?
— Non, t'as l'air crevé. Je vais rester sur place.

Et nous repartons. Quelle idiote quand même. Heureusement, il n'a pas l'air de m'en vouloir. Nous continuons de discuter jusqu'au retour. Sans même avoir besoin de réfléchir, je réalise que c'est la première fois qu'un homme cherche réellement à me connaître. Il ne pose pas de questions indiscrètes ou intimes mais il pourrait répondre à plus de questions sur moi que mon ex. Moi aussi, je lui en ai posées et si je le peux, je me servirai de tout ce que je viens d'apprendre. Comme le fait qu'il aime les pancakes avec du sirop d'érable, ou qu'on lui masse les mains par exemple. Oh bon sang, j'adorerais lui masser les mains !

Nous ne nous séparons qu'une fois devant la porte de la chambre d'amis. Lorsqu'il se penche vers moi, je crois que mon cœur va ressortir de ma cage thoracique tellement il bat fort. Je retiens ma respiration et il dépose un baiser sur ma joue. Mais pas si loin de mes lèvres… Il me regarde comme s'il attendait que je dise ou fasse quelque chose mais je n'ai même pas le temps de répondre à sa question silencieuse car la porte d'entrée s'ouvre et le rire de Gabriel éclate notre bulle. Le rouge aux joues, je lui souhaite à nouveau bonne nuit et me faufile dans la chambre. Directement, j'attrape mon téléphone et tape un texto en majuscules à Sophie – c'est mieux que hurler pour de vrai :

Moi : OMG[7] !! ON ETAIT A DEUX DOIGTS DE S'EMBRASSER !!!!!

Évidemment pas de réponse immédiate mais je me sens moins hystérique. Je me laisse tomber sur le lit, vire mes chaussures et, contre toute attente, je m'endors comme un bébé.

---

[7] Oh My God ! : Oh Mon Dieu !

9. Ce qui se passe en mer, reste en mer.

Lorsque j'ouvre les yeux, le soleil est déjà bien levé. Je roule sur le dos et fixe le plafond d'un air ahuri. On a failli s'embrasser !!! Je devrais avoir honte mais non, je me sens bien.

Je récupère mon téléphone : il est 9 h 12 et pas de texto de Sophie. Tant pis. Je me lève le cœur léger et jette un œil à mon reflet dans le miroir de la chambre : cheveux en bataille mais le mascara n'a pas trop coulé, je ne fais pas peur. Pas si mal ! Je réajuste la robe et sors de la pièce. Il n'y a pas un bruit. Mes vêtements sont dans la chambre de Céline, je ne peux pas les récupérer pour l'instant. Je descends donc comme ça et cours aux WC pour une pause pipi qui est presque orgasmique. Je sors soulagée et tombe nez à nez avec Elias et ses pectoraux. Encore !

Un petit cri de surprise s'échappe de mes lèvres.

— Je fais si peur que ça ?

— Non…

Même si je frise la crise cardiaque devant un tel corps ! Mais cela n'a rien à voir avec la peur. Bien au contraire.

— Désolée, je ne m'attendais pas à…

Voir un mec aussi sexy et sensuel au petit dej.

— À voir quelqu'un debout.

— Je n'ai pas bu autant que vous, précise-t-il comme pour s'excuser. Je reviens de mon footing.

Et en plus il est sportif. Bon, vu son corps, c'est logique. On ne devient pas un apollon le cul collé au canapé toute la journée.

Je pose les yeux sur son torse parfait, même s'il est couvert de perles de sueur – non, justement ! Parce qu'il est couvert de perles de sueur.

Elias porte seulement un short de sport et des baskets. Je n'ai jamais trouvé les coureurs sexy mais lui… Il peut porter ce qu'il veut, même avec un tutu il serait toujours au top. Ses muscles saillants…

Mmm, j'ai envie d'effleurer leurs contours du bout des doigts.

— Ça va ?

Je réalise que je le fixe bouche bée, complètement absorbée par mes pensées.

— Oh, euh, oui… je vais aller me prendre un verre d'eau.

Non, il me faut plutôt une douche. Froide. Très froide. Glaciale.

— On prend le petit déj' ensemble si tu veux. Je vais prendre une douche.

Je peux t'accompagner ? Te savonner le dos ?

Mes neurones ont du mal à se reconnecter.

— Je… OK. Je t'attends dans la cuisine.

Je le dépasse rapidement et m'éloigne avant de faire une syncope. Je sens son regard dans mon dos mais je me fais violence pour ne pas me retourner. Une fois dans la cuisine, je peux reprendre mon souffle. Je vous jure, je pourrais oublier de respirer tellement il me fait perdre mes moyens ! Il faut que je me ressaisisse. Je pose les yeux sur la cafetière, je pense au petit déjeuner avec lui. Et là, je souris bêtement en réalisant que ce que j'ai appris cette nuit va me servir dès à présent.

Ni une ni deux, je prends mon téléphone et cherche la recette des pancakes sur internet puis j'ouvre tous les placards à la recherche des ingrédients. Parfait ! J'ai tout ce qu'il me faut. Même le sirop d'érable. Il a dû se l'acheter parce que dans le frigo il y a des pancakes sous vide. Si je ne les rate pas, à coup sûr il va être agréablement surpris. Alors concentration ! Pas que je sois nulle en cuisine mais Gordon Ramsay aurait largement de quoi me gueuler dessus…

Elias revient alors que je fais cuire le premier pancake. Il hume la bonne odeur et me regarde, amusé :

— Tu fais des crêpes ?

— Non, des pancakes.

Je suis toute fière de moi.

— Sérieux ?!

Un sourire gourmand se dessine sur ses lèvres sensuelles. Il s'approche de moi et paraît encore plus heureux de me voir retourner le pancake.

C'est lui que je voudrai me voir me retourner. Ok, je sors.

— Mais tu es parfaite !

— Tu en doutais ?

C'est sorti tout seul et je détourne le regard en réalisant mon audace. Décidément, j'ai du mal à me reconnaitre moi-même. Lui, continue de sourire.

— Pas vraiment. Je vais nous faire un vrai jus d'orange. Tu voudras du thé aussi ?

— Non, pas ce matin. J'ai envie de frais, orange c'est parfait.

On s'affaire tous les deux, discutant et riant. Je me mets à rêvasser. On a l'air en phase, comme un petit couple. Elias me parle tout en pressant les oranges et pas avec un truc électrique, non, non, avec ses mains viriles écrasant le fruit sur le presse-agrumes. Ses biceps se contractent. J'ai chaud. Quand je pose les yeux sur lui, je n'ai qu'une envie : que ce petit-déj' finisse au lit. Alors je reporte vite mon attention sur ma poêle. Ce mec me fait perdre mes principes et, même si je culpabilise pour mes pensées et mes projets, c'est comme si rien ne pouvait me détourner de lui. Hormis le fait qu'il est certainement le plus beau mec que j'aie jamais côtoyé, il est attentionné, doux, avec de la conversation… Bref, rien à voir avec mon ex, pour ne citer que lui. Avec Elias, je me sens belle, désirée, et intéressante. Il cherche vraiment à me connaître, il ne ramène pas tout à lui. Ça paraît sans doute gros mais je me sens vivante. Il réveille tellement de choses en moi, certaines que je ne soupçonnais même pas. Jusque-là, je me laissais porter par les évènements, mais à cet instant je décide d'agir, de prendre mon destin en mains. Elias est fait pour moi. Pour MOI. Reste à savoir comment je vais m'y prendre.

— Attention, il va brûler.

Je sors de mes pensées en sursautant.

— Oh merde !

Je retire rapidement la poêle du feu et fais glisser le pancake sur la pile des autres.

— À quoi tu pensais ?

Je rougis. Comme si j'allais lui avouer !

— Oh, juste qu'il ne faudra pas que je rentre trop tard… pour les chats.

Excuse bidon mais c'est tout ce qui m'est venu à l'esprit. Elias ne cherche pas plus loin. Ouf.

— Je pense qu'on en a assez.

Je considère la pile : une dizaine, c'est effectivement assez.

— Oui ! Mangeons, j'ai faim maintenant.

Je vais pour m'installer à la table de la cuisine mais il commence à tout mettre sur un plateau. Devant mon regard surpris, il m'explique :

— Dehors c'est plus sympa.

— Ah oui, je n'ai pas l'habitude.

— Moi non plus, raison de plus. Profitons-en.

Je le suis sur la terrasse, réalisant qu'il ne m'a jamais parlé de son univers à proprement parler. Est-il fils de riches comme Gabriel ? A-t-il un travail qui lui rapporte beaucoup ? Pas que ça compte à mes yeux mais vu sa réflexion, maintenant je me pose la question. Et quelque part, je vois mal Céline avec un smicard. Je sais, c'est mal de la voir comme ça mais c'est ce que je ressens. Elle a un certain train de vie, faut que son mec suive, non ?

En prenant place autour de la table, protégée par un immense parasol, je me lance.

— Tu ne m'as jamais dit ce que tu faisais comme boulot.

— Parce qu'il n'a rien de passionnant.

Il me verse du jus et je nous sers en pancakes, attendant qu'il enchaîne mais non. Je décide donc de le faire.

— Je suis hôtesse d'accueil, ce n'est pas passionnant non plus.

Il boit une gorgée en m'observant. Qu'est-ce qui peut bien lui passer par la tête ?

— En fait, j'ai longtemps été barman.

— Pourquoi tu as arrêté ? Ça ne te plaisait plus ?

— Si mais on m'a proposé un job mieux payé et j'ai voulu tenter.

Je sens qu'il ne dit pas tout mais je n'ose pas le harceler de questions. Je ne serais pas étonnée que le père de Céline lui ait proposé un boulot, ne souhaitant pas d'un gendre barman.

— Et ce job, il te plaît ?

Il avale une bouchée de pancake recouvert de sirop d'érable.

— Il a des bons côtés. On ne peut pas avoir le beurre et l'argent du beurre, pas vrai ?

— Sauf si on fabrique et qu'on vend du beurre, là on peut s'en garder un peu.

Il rit à ma pseudo blague, même si elle était mauvaise. Le pire, c'est qu'il a l'air sincère.

— Désolée, j'ai des vannes foireuses.

— Non, non. Ce n'est pas faux en plus.

— Que j'ai des blagues foireuses ?

— Non ! Le reste.

Je ris devant son air contrit.

— Je te charrie. Alors, mes pancakes ? Pas trop mauvais ?

— Du tout ! Bien meilleurs que les industriels. Je te remercie.

Je hausse une épaule avec un air nonchalant. En réalité je suis ravie.

— De rien, ça me fait plaisir.

— Qu'est-ce qui te fait plaisir ?

Je sursaute en entendant la voix de Céline. Elias reste tranquille. Décidément, elle a le chic pour nous surprendre.

— D'avoir préparé des pancakes.

Céline prend place en face de moi, à côté d'Elias. Belle dès le réveil, comme d'hab.

— Oh super ! Merci, ma belle. Et bonjour à vous deux.

Elle donne un baiser au beau brun et me sourit alors que je tâche de rester le plus naturel possible. Céline prend un petit bout de pancake.

— C'est bon en plus !

— Merci. T'as bien dormi ?

— Mouais… j'ai mal au crâne. Elias, tu peux me trouver quelque chose ?

— Tout de suite.

Il se lève et il me semble qu'il a l'air blasé mais peut être l'ai-je imaginé.

— Alors ça a fini comment hier soir ?

— Elias t'a portée jusqu'au lit, il m'a raccompagnée mais j'avais oublié les clés ici donc demi-tour et on était trop morts pour repartir.

— Oh oui, j'étais défoncée… Et Gabriel ?

— Il était dans la boîte avec deux filles. On l'a entendu rentrer tard. Pas seul je crois.

Elle lève les yeux au ciel en souriant. Elias revient avec du Dafalgan et la discussion s'oriente sur leurs projets du jour. Céline n'a pas envie de sortir, elle parle de remettre une sortie à demain. Du coup, pour se motiver, elle me propose de me joindre à eux : une sortie en bateau. J'ai le mal de mer même sur les bateaux mouches mais j'accepte.

Hors de question de louper un seul instant avec Elias. Aussi garce que puisse être cette pensée.

La matinée est passée à une vitesse folle et je me trouve actuellement sur un yacht. Je réponds à Sophie qui peine à me croire.

Moi : Je te jure !

Elle me téléphone aussitôt.
— Ne me dis pas que t'as aussi du champagne !
— Si ! Toujours !
— Oh mon Dieu, j'suis verte !!
— T'avais qu'à venir !
— Ou pas ! Parce que ça se trouve, rien ne se serait passé comme ça.
— C'est ça, donne-toi bonne conscience.
Rires de Sophie.
— Sinon, ça avance avec ton mec ?
— Ce n'est pas…
Céline me fait signe de les rejoindre.
— Si on veut. Je dois te laisser, on va manger un bout.
— Raconte-moi tout ce soir !!
— Promis, bisous.
— Et prends des photos !!! Surtout du frangin !
Je raccroche et prends place à la table installée à l'avant du bateau. Partie qui a sans doute un nom mais que j'ignore totalement.
— C'était qui ?
— Ma meilleure amie Sophie.

Il me semble voir le regard de Céline s'assombrir un instant.
— Ah oui, celle qui t'a posé un gros lapin.
Je ne relève pas.
Elias nous rejoint. Il porte un marcel et ses épaules bronzées ne demandent qu'à être embrassées. *Émilie, ressaisis-toi !* Je deviens folle à lier.
— Encore le mal de mer ? s'inquiète-t-il.
— Un peu… mais ça va bien mieux avec les cachets. Merci.
— Tant mieux.
Il me sourit et je n'ai plus qu'une envie : échouer sur île déserte avec lui. Mais il ne doit même pas y en avoir dans le coin. Et puis Koh-Lanta, très peu pour moi. Mais Lagon Bleu, pourquoi pas ? Quoiqu'il n'y pas de grandes différences hormis le titre.

À nouveau, je suis sortie de mes pensées ; cette fois par une serveuse qui nous apporte le repas. Un plateau de fruits de mer, évidemment ! Totalement cliché mais tellement bon.
— C'est vraiment beau ici.
Je m'extasie en observant l'horizon à perte de vue. Céline et Elias approuvent.
— Il faut que tu testes la baignade en pleine mer. C'est génial !
— J'imagine, ça doit même être impressionnant. On pourra tout à l'heure ?
Elias hoche la tête positivement.
— Oh pas moi, je vais lézarder cet aprèm.
J'allais la contredire mais je me retiens juste à temps, et ce n'est pas Elias qui tente de l'en dissuader non plus. Céline prend du champagne mais nous optons pour de l'eau pétillante. Je veux rester maîtresse de moi-même et ne plus avoir mal au crâne. On commence à manger en parlant un peu de Gabriel qui a donné signe de vie mais est toujours occupé dans sa chambre.

— Tu penses qu'on va le revoir un jour ?
— Oh, oui ! Il faudra qu'il se nourrisse.
— Ça a dû l'épuiser deux filles !
— Il a déjà fait pire.

Je manque de m'étouffer.

— Ça te choque ?
— Non mais je n'arrive pas à me retirer son image de gamin de 12 ans de la tête, donc je ne m'y fais pas.
— Pourtant ce n'est plus du tout un gamin.
— Je vois ça.
— Je te dirais bien qu'il est plus sage à la maison, mais ce n'est pas vrai.
— Et tu voulais me mettre avec lui ?
— Avec toi, il se poserait, j'en suis certaine.
— Mouais…
— Il te plaît ? demande soudainement Elias, l'air de rien.

J'hésite mais le rendre un peu jaloux pourrait peut-être aider ? Sans trop en faire sinon il va me prendre pour une coureuse.

— Eh bien, il est mignon, drôle. Je suis célibataire et je lui plais, je dois réfléchir.
— T'es sérieuse ?!

Là c'est Céline qui n'a plus l'air d'accord pour me laisser son frangin. Je la regarde, surprise.

— À moitié… Il reste qu'il a toujours 19 ans.

Ma copine se détend un peu et termine sa coupe de champagne. Il faudrait savoir ce qu'elle veut. L'ambiance a changé en quelques secondes. À n'y rien comprendre. Heureusement, Elias sauve les meubles.

— C'est le dernier jour pour le cinéma en plein air, ça vous dit ce soir ? C'est jusqu'à minuit.

— Y'a quoi comme film ?
— « Grease » et des trucs du genre.
— Oh ce serait trop cool !
J'adore ce genre de films.
— Hum, pourquoi pas, répond Céline. Si je m'endors, on ne me verra pas dans le noir.
Elle se met à rire et pour ne pas la contrarier à nouveau, je l'imite.
— Oui, voilà !
La conversation retrouve un meilleur ton. Le plateau repart non fini, il y en avait trop, et lorsqu'on nous apporte le dessert, heureusement que c'est des sorbets sinon j'exploserais. Je ne peux plus rien avaler mais par pure gourmandise, je choisis citron et chocolat.
— Je n'aurai pas besoin de bouée pour flotter…
Céline me sourit et me caresse l'avant-bras.
— C'est sexy les petits bidons.
— Me dit la femme parfaite.
Flattée et amusée, la belle blonde rit puis recule sa chaise pour se lever.
— Je ne sais pas pour vous, mais moi, je vais siester !
— Déjà ?
— Oui. C'est ça ou je m'endors sur la table.
Elle se penche vers moi.
— On peut faire la sieste tous les trois.
Ou comment me faire virer pivoine. L'idée qu'ils soient libertins me taraude à nouveau, dire que j'avais presque oublié !
— Toutes les deux aussi, rajoute Céline.
Je ris nerveusement. Et bêtement.
— Je vais plutôt me baigner de suite, si je dors j'y serai encore dans trois heures.
Et il est déjà 15 heures, que le temps passe vite !

— Comme tu veux.

Elle s'éloigne de quelques pas puis s'arrête comme si elle avait oublié quelque chose.

— Chéri, tu me mets de la crème ?

— Allonge-toi, j'arrive.

Elias et moi nous regardons sans un mot. Il termine son sorbet et rejoint Céline, déjà allongée sur un transat.

Je soupire et reste un moment à observer l'eau sur laquelle le soleil se reflète. On dirait des milliers de diamants sous la lumière. C'est tellement beau. Hypnotisée, à deux doigts de m'endormir, je sursaute quand je sens une main chaude se poser sur mon épaule.

— Tu viens te baigner ?

Elias. Il ne m'abandonne pas à mon triste sort. Il y a toujours de l'espoir alors.

— Oui !

— Allons-y alors ! Je nous ai pris des masques

Je retire mon paréo et suis Elias jusqu'à l'échelle qui permet de descendre dans l'eau. Il se tourne vers moi avec un air malicieux.

— Sinon, on peut sauter.

Je jette un coup d'œil par-dessus bord. L'eau est d'un bleu profond et pas moyen de voir ce qu'il se trame là-dessous. C'est déconcertant.

Allez, Émilie, sois aventurière ! Ce n'est pas demain la veille que tu pourras refaire ça !

— J'ai un peu peur mais si tu le fais, je le fais.

Il a un sourire éblouissant, pire que le soleil.

— Viens.

Je te suivrai au bout du… Ressaisis-toi Émilie !

Il me prend la main et enlace ses doigts aux miens. Je reçois une décharge électrique et manque de faire un arrêt cardiaque. La paume d'Elias contre la mienne, ses doigts se mêlant aux miens… Garder le contrôle est compliqué ! Mais je le suis sans protester. Il m'entraîne à l'avant, ou à l'arrière je ne sais même plus, montant sur un nouveau truc dont j'ignore encore le nom.

— À trois : on saute.
— Attends ! Un, deux, et on saute ? Ou un, deux, trois, on saute ?
— Un, deux, trois et on saute.
— OK.
— Prête ?
— Oui.

Nous échangeons un regard et à cet instant j'aurais pu jurer que je serais prête à le suivre au bout du monde. Il compte jusqu'à trois et ensemble, main dans la main, nous sautons par-dessus bord. Je pousse un cri, plus de joie que de peur, mes jambes battent l'air et je me retrouve rapidement sous l'eau. Ce n'est pas grand-chose mais ce saut me grise complètement.

J'ai lâché Elias mais en revenant à la surface, il est juste là. Je ris, parfaitement heureuse. Je dois avoir l'air d'une gamine qui ne connaît rien mais je m'en fiche.

— C'était génial !!!

Il m'observe en souriant, son regard est doux, chaud.

— On nage un peu ? Tiens.

Il me tend un masque.

— Pour voir les poissons, c'est mieux.
— Tu crois qu'on peut voir des dauphins ?
— Aucune idée !

Il enfile son masque et j'éclate de rire. OK, je viens de trouver la seule tenue qui ne le rend pas sexy.

— Mets le tien au lieu de te moquer !

Et une voix de canard.

— Oui, chef !

Comme dans un rêve, j'enfile le masque et nous nageons sans trop nous éloigner du bateau. Je ne suis pas très bonne nageuse mais aux côtés d'Elias, je suis sereine, en sécurité. Je profite et j'en prends plein les yeux. Je vois de jolis poissons, j'en touche même un du bout des doigts. Sous la surface, pas de discussion, mais le savoir tout près me suffit. C'est à la fois un moment solitaire et partagé.

Sous l'eau, il me fait signe de le suivre et nous allons nous caler près de l'échelle. Nous nous y accrochons pour ne fournir aucun effort et retirons les masques.

— J'ai l'impression que c'est l'été de toutes mes premières fois. J'adore nager en pleine mer ! Je pensais que ça me ferait peur, mais non.

— Tant mieux alors. Moi aussi, j'adore. Je me sens libre et tout petit.

— C'est exactement ça.

Nous regardons devant nous, une immensité liquide à perte de vue. Il y a effectivement de quoi se sentir minuscule, et aussi, seuls au monde. Je vois du coin de l'œil qu'il m'observe. Je me tourne et lui souris timidement. Il se mord la lèvre inférieure et je sens mon estomac se nouer. Elias se rapproche un peu. À moins que ce ne soit les ballotements des vagues qui le poussent vers moi… Je n'ose prononcer un mot. Ma poitrine se soulève plus rapidement ; si je n'avais pas été dans l'eau, je me serais liquéfiée sur place. Il est maintenant contre moi. Je sens son torse musclé contre le bout de mes seins. Je relève un peu les yeux et suis totalement happée par les siens. Il se penche vers moi avec une lenteur extrême et je ferme les yeux. Lorsque sa bouche se pose sur la mienne, l'univers tout entier disparaît autour de nous. D'abord incapable de réagir, je finis par combler le léger espace qu'il reste entre nous et lui rendre son baiser. J'entrouvre la bouche et il glisse doucement sa langue pour venir chercher la mienne. Il a un petit goût salé mais c'est agréable. Je sens une main dans le creux de mes reins alors je laisse échapper un soupir de plaisir. Quelque chose de dur cogne contre mon bas-ventre. Rien que d'y penser, je sens une vague de désir m'inonder. Le baiser presque paresseux se fait plus langoureux, plus avide. Je lâche l'échelle et passe mes bras autour du cou d'Elias. Je caresse la base de ses cheveux et me presse encore un peu plus contre lui, si toutefois c'est possible. J'ai envie de plus. Première fois qu'avec un simple baiser un homme me donne envie de faire l'amour. En fait, jusque-là, aucun ne m'en a vraiment donné envie. Je me suis presque forcée car c'était la suite logique des choses. Alors que là, je veux sentir sa langue partout.

Mais la voix de Céline nous rappelle à la réalité. Comme s'il venait de me brûler, je repousse Elias. Nous réalisons ce que nous venons de faire. Je le vois passer sa langue sur ses lèvres comme s'il ne voulait rien perdre de notre baiser et je crève d'envie de l'embrasser à nouveau mais impossible.

— Ah vous êtes là ! Vous remontez ?

— Oui, on allait remonter.

Moi je suis incapable de répondre.

— Tu veux te baigner ? lance Elias.

Comment fait-il pour rester si calme alors qu'on a failli se faire surprendre ?

— Oui, je veux sauter mais pas toute seule. Émilie, tu sautes avec moi ?

— D'accord.

Je passe devant Elias et remonte. Je me demande si Céline va remarquer mes lèvres enflées mais apparemment non. Curieusement, celles de mon amie ont l'air aussi d'avoir servi. Non, ça doit être le fruit de mon imagination. Avec qui, de toute manière ?

— T'es vraiment sexy les cheveux mouillés.

Céline me prend la main pour m'entraîner là où j'ai sauté avec Elias. Ça ne me fait pas le même effet qu'une heure plus tôt.

10. On ne laisse pas bébé dans un coin.

Je suis à l'ouest tout le reste de l'après-midi. Je n'arrête pas de penser au baiser d'Elias et j'ai l'impression d'avoir un deuxième cœur, qui bat dans mon bas-ventre. Chaque regard qu'il pose sur moi me fait l'effet de caresses. Chaque fois que je pose les yeux sur lui, des papillons batifolent sous mon nombril.

J'ai eu beau repasser chez moi pour prendre une douche et me changer, je ne peux éteindre le feu qui m'anime. Même le plaisir solitaire que je me suis offert sous la douche ne m'a pas calmée. Au contraire, je me sens frustrée et je me retrouve à avoir encore plus envie de lui, si c'est humainement possible.

Le coup de fil à Sophie ne m'aide pas plus. En lui racontant, je revis l'instant et mon corps tout entier me réclame Elias. Je vis un enfer !

— Eh bah, ma Kaye, jamais tu ne m'as parlé de l'autre comme ça !

— C'est fou, pas vrai ?

— Clair. Tu l'as dans la peau, ton mec !

— De quoi ?

— Tu l'as dans la peau !

— Non, ce que t'as dit après.

— … Ton mec ?

— Oui ! J'adore quand tu dis ça.

— Ton mec, ton mec, ton mec !!

Nous rions.

— T'es folle !

— Complètement.

— En tout cas, tu tiens le bon bout.

— Tu crois ?

— J'en suis sûre, ouais. En plus, c'est lui qui a craqué.
— C'est vrai. Tu crois qu'il va rompre ?
— Oui ! Mais patiente. Les mecs, c'est long à la détente. Il leur faut un peu de temps pour retrouver leurs couilles.
— Pas faux.

Mon ex a attendu que je n'en puisse plus et que je le jette, au lieu de me quitter dès qu'il n'a plus voulu de moi. Il parait que c'est commun à beaucoup d'hommes. Je n'ai pas eu assez de petits amis pour en juger.

Pourvu qu'Elias ne soit pas si lâche. Je serais tellement déçue.
— Je dois y aller, ma Kaye.
— Oki. Je t'aime fort !
— Moi aussi !

Je raccroche et rassemble mes affaires avant de me rendre chez Céline en scooter.

Je suis un peu en avance, tellement impatiente de LE revoir. Le grand portail est resté ouvert, j'entre sans sonner. Une fois garée, je retire mon casque et arrange mes cheveux en me jetant un œil dans le rétro. J'ai mis une lotion censée faire effet cheveux mouillés. Eh bien, je ne suis pas convaincue. Certaines mèches brillent mais paraissent plus asséchées que mouillées. La loose. De l'arnaque ce truc. Comme les pubs pour mascara du feu de dieu alors que les nanas portent des faux-cils. Pfff.

Je sursaute quand j'entends crier. Quelqu'un s'est fait mal ? Non, il s'agit d'une dispute. Je me concentre pour écouter mais seules des bribes de mots me parviennent. En revanche, je peux affirmer que les voix sont celles de Céline et d'Elias. Mon sang ne fait qu'un tour. Et s'il avait tout avoué à Céline ? Le but est bien qu'il la quitte mais, très égoïstement, j'ai besoin de me préparer mentalement pour l'affronter, et là ce n'est pas le cas du tout. Merde. J'hésite à partir, lâchement. Je flippe !

Je prends mon casque et m'apprête à le remettre lorsqu'une voiture déboule dans l'allée et me klaxonne. Mince. La dispute cesse instantanément. Je reconnais Gabriel derrière le volant. Sauvée par le gong ! Ou pas. En tout cas, je ne peux plus me débiner.

Il se gare avec un dérapage inutile mais qui doit en impressionner certaines. Il sort de la voiture avec un large sourire, ses cheveux blonds bouclés sont ébouriffés, ça lui donne un côté sauvageon. Ou angelot sauvage. Pas étonnant qu'il séduise jusqu'à deux filles à la fois.

— Salut Émi' !

— Salut Gabriel ! Ça va ?

Il retire ses lunettes de soleil pour me faire la bise.

— Tout doux et toi ?

— Ça va. Alors, ta nuit ? Torride ?

Il me fait un clin d'œil.

— Jalouse ?

Je ris franchement. Il ne perd jamais le nord, lui !

— Sûrement, oui.

Il passe un bras autour de mes épaules et m'entraîne vers l'entrée. Il sent le monoï. Plus ça va, plus il me fait penser à un surfeur.

Ce serait plus simple si j'avais craqué pour lui. Enfin, j'imagine, parce qu'en fait je n'en suis pas certaine.

— Je suis un gentleman. Je ne raconte pas mes ébats... mais j'ai beaucoup pensé à toi.

Je lève les yeux au ciel en riant.

— T'es con !

— J'te jure !

— Je ne sais pas si je dois bien le prendre.

— Oh si, tu peux. C'est plutôt elles qui peuvent être vexées.

Il m'ouvre la porte en me lançant un sourire malicieux.

— Après vous, miss.
— Merci.

J'en ai presque oublié le possible courroux de Céline quand je la trouve dans l'entrée, l'air passablement énervée.

— Salut frangine !
— Salut. Oh Émi, tu tombes bien ! Viens !

Sans autre explication, elle me prend par la main et m'entraîne vers sa chambre. Nous ne croisons pas Elias et le stress me gagne de plus en plus. Mentalement, je cherche déjà mes mots, des excuses aussi.

Céline referme la porte derrière elle et s'appuie dessus comme pour m'empêcher de partir. Oh, la misère…

— Mes parents débarquent dans quelques jours !
— Qu…Tes parents ?

Mes poumons s'emplissent d'air et je respire à nouveau.

— C'est ça le problème ?
— Oui !!!

Céline fait les cent pas comme un lion en cage, ça me donne le tournis. Je m'assieds sur le lit en attendant la suite.

— Tu ne réalises pas !!!
— De quoi ?
— Mes parents, tu te souviens d'eux ?
— Un peu, oui.
— Ils me mettent une pression de folie !
— Mais pourquoi ?
— Ma vie, le boulot, le mariage…

Je pâlis. Comment ça : le mariage ?

— Ils veulent que tu te maries… avec Elias ?

Céline hausse les épaules et se laisse choir sur le lit, l'air démuni.

— Si au moins il faisait sa demande, ça les calmerait.

Là, je réprime un cri.

— Oh. Et il va la faire ?

Je viens de reperdre la faculté de respirer.

— Justement. Il faut que tu m'aides.

— Hein ?!

— À le décider.

— Non !

Céline a un mouvement de recul, surprise par mon cri du cœur. Cette fois, je n'ai pas pu me retenir. C'en est trop !

— Je… Je veux dire, c'est trop important ! C'est un engagement véritable, faut que ça soit romantique, tout ça. Il ne faut pas le faire à la légère. Tu aimes Elias au point de passer ta vie avec ?

Céline me caresse la joue. Je me sens rabaissée par ce que je lis dans son regard. Des années plus tard, certaines choses ne changent pas et je la connais assez bien pour savoir ce qu'elle pense. Et elle va me le confirmer.

— T'es mignonne.

— Ne te moque pas. C'est vrai ce que je dis.

Je me lève d'un bond. La main de Céline retombe sur le lit. Je commence à tourner en rond à mon tour.

— C'est du délire ! Tu ne peux pas faire ça. Pas pour tes parents ! Ils voudront le mariage puis les enfants, et tu vas le faire ? C'est ce que tu veux ?

Il y a un silence.

— Non.

Je grogne et souffle avant de me rasseoir près de ma copine. Céline me fixe étrangement. Je déglutis. J'y suis peut-être allée un peu fort.

— Ça va ?

— Oui. Tu me rappelles juste quelqu'un.

— Qui ?

— Une amie que j'ai perdue.

Je lui prends la main et la garde entre les miennes. Est-ce qu'elle fait référence à notre amitié passée ?

— Céline, tu dois vivre pour toi. Pas pour tes parents. Ce n'est pas à eux de choisir ta vie amoureuse.

Céline ne me répond pas. En fait, elle ne me regarde même pas. Elle a l'air perdue dans ses pensées.

Lorsque son téléphone sonne, nous sursautons toutes les deux. Le prénom Fred s'affiche sur l'écran, elle ne décroche pas. Il appelle deux fois de suite.

— C'est qui Fred ?
— Mon ex.
— Pourquoi il t'appelle ? Il te harcèle ?
— Non. C'est compliqué. Je t'expliquerai.

Céline éteint son portable.

— Allez, il faut se préparer, les mecs vont se demander ce qu'on fait.

Déconcertée, je hoche la tête. J'ai beau vouloir son mec, ça me fait de la peine que ma copine ne fasse pas ce qu'elle veut de sa vie. Elle est prête à se sacrifier, mais au nom de quoi ? C'est fini le Moyen-Âge, bordel ! On est au XXIe siècle !

Céline me fait un bisou à la va-vite, presque un smack.

— Merci.

Je ne relève pas. Je ne sais pas quoi répondre, ne pouvant décemment pas dire « de rien » ou une banalité de ce genre. Nous nous levons et quittons la chambre.

Les mecs sont en pleine conversation quand nous les rejoignons dans le salon. Je vois bien qu'Elias est tendu. Malgré son air décontracté, il garde les sourcils un peu froncés. Mais personne ne fait de réflexion, nous faisons tous comme si de rien n'était. Gabriel souffle juste quelques mots à sa sœur et elle lui sourit.

Nous quittons la maison, dans la décapotable du petit frère surfeur. Ambiance extrêmement bizarre.

Il y a du monde au cinéma de plein air. Je suis complètement décoiffée par la conduite peu banale de Gabriel, mais le vent m'a fait du bien. Il m'a donné le coup de peps dont j'avais besoin. À tous, je crois, car même Céline est plus relax. Je vais avec elle pour réserver notre emplacement pendant que les hommes garent la voiture. Ici, on ne reste pas dans son véhicule comme au drive-in où j'étais allée ado. À la place, il y a des transats. Étant arrivés tardivement, nous n'en trouvons que sur la droite de l'écran, sous un arbre. C'est ça ou se séparer. Personne n'en a envie.

Céline choisit aussitôt le meilleur transat, tout à droite. Même si c'est impoli selon moi, je ne lui fais aucun reproche. Tactique. Je déclare que je laisse Elias à côté d'elle et prends le transat suivant.

Lorsque les garçons nous rejoignent, je me trouve ainsi entre eux. Parfait ! Du coup, c'est joyeusement que j'accepte d'accompagner Gabriel acheter du pop-corn. J'en profite pour lui parler de sa sœur.

— Dis. Tes parents te mettent aussi la pression ?

— Ils essaient, mais je m'en fous.

— Pourquoi ta sœur se laisse faire ? Elle a du caractère pourtant. Je ne comprends pas.

— Je ne sais pas. J'crois qu'elle ne supporte pas de ne pas être la petite fille modèle.

— Hum... Mais il ne faut pas qu'elle fasse n'importe quoi.

— Du genre ?

— Elle veut que je l'aide à convaincre Elias de faire sa demande quand ils seront là. Tu la vois se marier avec lui ?

— Comme s'ils allaient vouloir de lui.

Je me vexe pour Elias. Comme si Gabriel l'avait traité de moins que rien.

— Pourquoi tu dis ça ?

— Si elle veut leur faire plaisir, faut un gros bourge, comme nous. Elias, c'en est même pas un petit. Il présente bien, il a un taf et tout mais ce ne sera jamais suffisant pour eux.

— OK, OK, mais n'empêche qu'elle veut le faire. Donc, vu ce que tu me dis, même s'ils le font ça sera pire. Il faut la convaincre de leur tenir tête.

— Je lui ai déjà dit de venir en Espagne avec moi, comme ça elle les esquive. Mais elle est têtue. Je ne sais pas ce qu'il lui passe par la tête depuis quelques mois.

— Depuis qu'elle est avec Elias ?

— Non, avant déjà.

— Oh.

— Bonsoir, trois pop-corn sucrés, un Cornetto pistache et deux grands Fanta.

Je remarque que le « s'il vous plaît » est en option et me retiens de lui faire la réflexion. Il se tourne vers moi.

— Toi, tu pourras la convaincre.

— Je vais essayer. Au fait, ce que tu m'as dit hier...

Je devrais peut-être faire celle qui n'a pas calculé mais il y a déjà danger à flirter avec Elias, si en plus Gabriel risque de nous balancer...

— J'ai dû dire plein de choses hier ! À quel propos ?

Je le fixe pour savoir s'il me fait marcher. Il a l'air sincère. Il ne se souvient visiblement pas.

— Non, rien de spé.

— T'es vexée ?

— Vexée de quoi ?

— Que j'me rappelle pas. Je t'ai promis un truc ou quelque chose dans le genre ?

— Non, rassure-toi.

Je lui caresse le bras en souriant. On récupère la commande. Je veux payer la moitié mais il refuse tout net. On retourne s'asseoir. Elias a l'air de nous attendre tandis que Céline est sur son téléphone. Il me glisse un « Ça va ? » lorsque je prends place à côté de lui. Je lui fais oui de la tête, tout sourire. Il paraît se détendre enfin. Meilleure ambiance même si personne ne parle, je tape dans les pop-corn en attendant que ça commence.

Environ une heure plus tard, le film est bien entamé. « Dirty Dancing ». Un de mes films culte ! Je ne peux m'empêcher de murmurer mes répliques préférées. Gabriel s'est endormi et ronfle doucement. Il va louper ma scène favorite, quand Bébé ne veut pas quitter la chambre de Johnny. Combien de fois ai-je rêvé de vivre une scène aussi torride et romantique à la fois ? Des milliers !

« J'ai peur de sortir de cette chambre et de ne plus jamais ressentir ce que je ressens, je ne peux plus me passer de toi, j'te jure. »

Et là, alors que Cry to me commence – « Danse avec moi » – je sens les doigts chauds d'Elias effleurer les miens. Ma poitrine se contracte, j'ose un regard vers lui. Il me regardait mais alors il reporte son attention sur l'écran, continuant ses caresses. Plus jamais je ne verrai ce film de la même façon !

Il caresse ma paume, entrelace ses doigts aux miens ; parfois, il presse ma main. J'ai l'impression qu'il me donne un avant-goût de ce que serait faire l'amour avec lui. Rien que de penser que ce pourrait être tout mon corps et pas juste ma main, je sens une horde de papillons battre des ailes dans mon bas-ventre. Je me mords la lèvre pour ne pas trahir ma respiration haletante. Je finis par enfoncer un peu mes ongles sur la main habile d'Elias et l'entends soupirer.

Visiblement, je ne suis pas la seule à être excitée. Il faut que je me calme avant de ne plus pouvoir me contrôler. Comme s'il m'avait brûlée, je retire ma main d'un coup et me lève.

— Je dois faire pipi.

Je ne regarde personne et fuis en vitesse. Au cas où Céline me suivrait, pour ne pas éveiller les doutes, je cherche les WC. Il doit forcément y avoir des cabines mobiles ou un truc dans le genre. J'aperçois une sorte de roulotte avec le logo, près du petit bois. Encore toute retournée, je m'ajoute à la longue queue. Tout le monde a envie ou quoi ?

Même pas cinq minutes que je suis là, la file d'attente a à peine réduit et je ne me sens pas plus calme. Quelqu'un me tire par le bras. Je pousse un petit cri de surprise, prête à frapper mon agresseur mais je réalise que c'est Elias. Sans un mot, il m'entraîne dans le petit bois derrière la roulotte et me plaque contre un arbre.

Je n'ai pas le temps de protester, il me scelle les lèvres d'un baiser passionné. Je ne cherche même pas à résister. Au contraire, je glisse une main dans ses cheveux et une sur sa nuque, l'attirant encore plus contre moi. Elias empoigne l'un de mes seins, un geste si viril que je me sens humide. Sa main libre se glisse sous ma jupe. Il me serre un peu la cuisse puis remonte vers ma culotte. Je me sens fébrile mais terriblement excitée. Elias prend mon sexe en coupe et le presse. J'ai l'impression d'avoir 40° de fièvre. Je lui mords la lèvre quand il glisse un doigt entre les miennes, sous la culotte. Instinctivement, j'écarte un peu plus les jambes, lui offrant ainsi un accès total à mon intimité. Elias commence par effleurer mon clitoris, le faisant gonfler d'excitation. Il effectue alors des cercles autour, passant dessus rapidement. Ma respiration est saccadée, j'étouffe un « oui » quand il glisse un doigt en moi. J'enfouis ma tête dans le cou de mon beau brun et m'abandonne à ses caresses expertes. Il va et vient en moi avec deux doigts, je n'ai jamais autant apprécié les préliminaires. Soudain, il repasse sur mon bouton du plaisir au bord de l'explosion. En quelques caresses, je sens mon estomac se nouer, quelque chose monte en moi. L'orgasme me submerge, j'en ai les jambes flageolantes. Il doit me retenir de tomber. À la fois honteuse et comblée, les joues rosies par le plaisir, je relève mon regard flou vers lui. Il me fixe avec une telle intensité, que je n'ose ni parler ni bouger.

— J'adore t'entendre jouir..., murmure-t-il avant de se lécher les doigts.

Oh – Mon – Dieu ! J'ai littéralement l'impression de me liquéfier sur place. C'est indécent mais tellement sexy ! Jamais on ne m'a parlé comme ça.

Il m'embrasse et me demande de partir devant lui. Ce que je fais, avec du mal, entre mes jambes tremblotantes et ma culotte mouillée...

11. Good girl gone bad.

Allongée sur le transat dans le jardin, je ne fais que me remémorer le drive in. Si j'ai trouvé le baiser près du bateau hyper osé, ça n'a rien à voir avec les caresses contre l'arbre. Quand j'ai raconté ça à Sophie, elle est devenue complètement hystérique. Elle m'a encore dit de foncer mais c'est lui qui est pris, c'est donc à lui de quitter Céline maintenant, non ?

Sauf que ça fait deux jours et rien. Nada. En fait, je ne l'ai pas revu, j'ai zéro news. Le lendemain, Céline, Gabriel et Elias sont partis pour faire du parachute ascensionnel et ont adoré mais depuis hier matin, mes appels sont restés sans réponse. Je me suis décidée à passer à la villa mais il n'y avait personne. Qu'est-ce qu'il se passe ? Je n'y comprends rien et j'ai l'impression de devenir folle. Est-ce que j'ai rêvé tout ça ? Non, quand même pas ! …Si ?

Je jette encore une fois un coup d'œil aux textos échangés avec Sophie : il y a la photo d'Elias et Gabriel, ça prouve bien que tout est réel. Je n'ai pas perdu la tête. La seule explication est que je me suis fait avoir en beauté, pas vrai ? Je me sens tellement mal que j'en pleure. Je me sens seule, abandonnée. J'en viens à me poser des questions à la con qui me font encore plus bader. Pourquoi me fait-il ça ? Pourquoi ne tient-il pas assez à moi pour être avec moi ? Pourquoi suis-je toujours la laissée pour compte ? Pourquoi ne suis-je pas assez bien pour qu'on m'aime vraiment ? Je n'ai déjà pas été assez bien pour que ma propre mère me garde auprès d'elle et me couvre d'amour, alors franchement qu'est-ce qu'un mec pourrait bien me trouver ?

Je sursaute lorsque mon téléphone sonne. Numéro inconnu. D'ordinaire, je n'y réponds pas mais là, dans le doute. J'essuie mes larmes et renifle un bon coup. Pas le temps de dire « allo » que la personne au bout du fil me nomme. Si c'est pour me vendre un truc…

— Émilie ?

— Céline !!!

— Ma chérie ! Tu fais quoi ?

— Rien… Mais ça va ? Je t'ai appelée toute la journée hier. Je suis même passée chez toi. C'est quoi ce numéro ?

— C'est un nouveau, on m'a volé le mien au marché hier. Heureusement, j'avais ton tel sur Facebook. On a passé la journée chez les flics, une vraie galère.

Quelle idiote ! J'aurais dû téléphoner à Gabriel. Personne ne s'est souvenu qu'il a mon numéro, ça me rassure en un sens. Je ne suis pas si bête. Ou pas la seule.

— Oh merde, mais tu vas bien ?

— Oui, oui.

— Tu as été agressée ?

— Pas du tout. Ils ont pris mon sac seulement. Putain, c'était la mission pour les papiers, les clés… Je n'en pouvais plus. Ça te dit une boîte, ce soir ? Il faut que je me change les idées.

— Oui, carrément !

— Les mecs se font une soirée poker, je ne sais pas quand ça va finir, au pire ils nous rejoindront.

Je perds mon grand sourire mais garde ma déception pour moi. Aller danser peut quand même être sympa.

— Pas de problème.

— Super. Je passe à 21 heures, on se fera un resto. Ciao, bella !

Merde, ce n'est pas vraiment ce que j'avais prévu mais au moins Elias n'a pas disparu de la circulation.

Mon portable sonne à nouveau. Je décroche sans faire attention au numéro non enregistré. Céline a sans doute oublié un truc.

— Émilie ?
— Oui…

Je ne reconnais pas de suite sa voix mais ce n'est pas Elias, ni Gabriel.

— Comment ça va ?
— … Bien…
— Tu ne me reconnais pas ?
— Pas vraiment…
— C'est Clément !

Oh merde. Celui-dont-on-ne-prononce-pas-le-nom vient de le prononcer lui-même.

— Tu m'as déjà oublié ! Ça fait plaisir.

Son rire m'agace direct. Je lève les yeux au ciel.

— Que puis-je faire pour toi, Clément ?
— Je suis dans le coin et…
— Comment ça dans le coin ?!
— Près de Six Fours.

Je manque de m'étrangler.

— Qu'est-ce que tu fous là ?
— Je suis en vacances.

Pourquoi faut-il que ce connard soit en vacances ici ? Et comment sait-il que moi aussi ? Oh, après tout, je m'en fous.

— Bonnes vacances !

Je raccroche. Agacée mais fière de moi. C'est la première fois que je parviens à faire ça. L'envoyer bouler. Il rappelle aussitôt mais je ne décroche pas. Je n'ai pas du tout envie de le voir. C'est fini entre nous, il n'y a plus rien. Et pour une fois, c'est bien vrai. J'ai trop souffert avec lui. Il connaissait mes angoisses liées à mon enfance, il en a joué et plus d'une fois. Il m'a fait croire qu'il serait là pour moi, qu'il me protégerait. Tu parles ! Il n'était même pas foutu de me défendre quand un de ses copains se moquait de mon physique ou que je lui racontais mes malheurs au boulot. Le peu de fois où l'on s'est disputés, dans nos débuts, il partait en me laissant en plan. Que ce soit à la maison ou à l'extérieur. Il savait pertinemment que ce genre de comportement me terrifiait, j'avais peur qu'il ne revienne jamais, qu'il m'abandonne.

Je ne me rendais pas compte à cette époque que ça n'aurait pas été une mauvaise chose, je me croyais amoureuse de lui. Alors je faisais des pieds et des mains pour me faire pardonner, même quand ce n'était pas ma faute. Ça rendait Sophie furieuse mais je ne suivais pas ses conseils, ensuite je lui cachais certaines choses pour éviter qu'elle lui en veuille encore plus. Clément ne m'a jamais frappée, mais ce qu'il m'a fait mentalement est pire encore.

Aujourd'hui, je m'en suis sortie, il n'existe plus. Je n'ai pas envie de voir sa face ! Et puis, j'ai assez de soucis en ce moment.

21 h 05. Céline arrive et on file au restau. La grande blonde me raconte sa mésaventure au marché. Elle a posé son sac un instant pour essayer un collier et pouf, disparu. Elle ne manque pas de râler qu'elle ne s'attendait pas à vivre ça ici, comme si les voleurs ne sévissaient que sur Paris ou les banlieues chaudes.

Je lui raconte l'appel de mon ex, la seule chose qui me soit arrivée pendant ces deux longues journées.

— Décidément, les ex ont toujours le chic pour réapparaître quand ce n'est pas le moment.

— À réapparaître tout court.

— Bien vrai.

— C'est pareil avec Fred ? T'as enfin tourné la page et il te rappelle comme si tu n'attendais que ça ?

— Ouais, tous les mêmes. Quand ils ont envie. Pff…

— Tu veux me raconter un peu ?

— Oh non, c'est le passé, laissons-le où il est.

Elle m'a pourtant dit qu'elle le ferait mais je comprends que ce n'est pas encore le bon moment. Si un jour ce moment arrive. Mais ça ne fait rien, je le conçois très bien. Ce n'est pas facile de parler de quelqu'un ou quelque chose qui nous a fait souffrir.

— OK, tu as raison. Et sinon, les garçons ça va bien au fait ?

— Oh oui. Gabriel prépare ses valises pour l'Espagne et Elias, égal à lui-même.

— Hum… Tu ne veux toujours pas aller là-bas avec ton frère ?

— Pour esquiver mes parents ?

— Entre autres…

— Reculer pour mieux sauter.

— Tu n'en sais rien. Et je le répète, pense à ce que tu veux, toi.

Je pose ma main sur celle de Céline qui me fixe sans répondre, perdue dans ses pensées une nouvelle fois.

Après au moins une minute de silence, elle lève les yeux vers moi.

— Et si je ne sais pas ce que je veux ?

— Alors ça veut au moins dire que tu ne veux pas épouser Elias, donc ne le fais pas. Et lui non plus, sinon tu ne me dirais pas de t'aider à le convaincre.

Céline retire sa main et soupire.

— Oui, lui non plus comme tu dis.

Je me sens mal.

— Je ne disais pas ça pour te blesser… c'est juste logique, vu que c'est récent vous deux. Se marier c'est pour la vie.

— Tu es trop romantique.

Céline a un rire moqueur. Encore une fois. Mais je ne me vexe pas, j'assume.

— Ce n'est pas une tare.

Et c'est toujours mieux que d'épouser un mec pour faire plaisir à papa-maman, mais ça, je me garde de le dire.

— C'est vrai. C'est moi la tare. Ou tarée, au choix ! Ou les deux, tiens ! Pourquoi choisir ?

Céline rit mais je sens bien que le cœur n'y est pas.

— Tarée oui, mais t'es loin d'être une tare.

Céline me caresse la main.

— Merci, ma puce.

— Allez, va en Espagne !

— Et toi ? Tu viendrais ?

— Oui... non.

Ses épaules s'affaissent. Je me souviens des chats et du poisson, c'est impossible.

— Je ne peux pas, je m'occupe des animaux.

— Merde. Non, alors, je reste.

— Céline...

— Mais si tu m'aides, je tiendrai bon.

Je lui souris.

— Promis.

Minuit et demi, nous sommes en boîte. La suite du dîner s'est bien passée. On a parlé du bon vieux temps en se moquant des ados que nous étions, de notre boulot, de là où l'on vit, de mon chat Gibbs le méga relou. De tout sauf des choses qui fâchent et c'est très bien comme ça. Encore une fois, je ne sais pas dans quel pétrin je me suis fourrée mais je ne peux plus faire machine arrière. Prendre le mec de ma copine et l'empêcher d'épouser ce dernier pour faire plaisir à ses parents... La belle affaire !

Mais pour l'heure, un peu éméchée, je ne suis concentrée qu'à ne pas renverser ma piña colada alors que je me déhanche sur un tube de

David Guetta qui fait pulser les enceintes. Ma tête tourne un peu, je me sens prête à affronter Elias. En espérant qu'il vienne bien, et pas à pas d'heure. Céline se rapproche de moi.

— Y'a un mec qui n'arrête pas de te mater.

Je me tourne plus par réflexe que par véritable curiosité. Le type prend malheureusement ça pour un signe et me sourit. Je me retourne rapidement.

— Quoi, ce n'est pas ton genre ?
— Je ne sais pas si j'ai un genre.
— Et après ? Il ne te plaît pas ?
— Bof.
— T'es difficile !

Je hausse les épaules et reprends une gorgée de mon cocktail.

— Tu ne l'étais pas tant au lycée.
— Toi non plus, pétasse !

Nous éclatons de rire.

— Oh putain, grave !

Le mec en a profité pour se rapprocher et avant même de le voir, je le sens qui danse un peu trop près de moi. Gênée, je regarde Céline sans savoir trop quoi faire. La belle blonde me fait un clin d'œil, en mode « je gère ».

— Tu ne veux pas retourner à ta place ?

Il se décale juste pour nous coller toutes les deux.

— Vous êtes belles.

Je pouffe de rire mais pas ma copine.

— Le boulet… On n'est pas intéressées.

Céline place une main possessive sur ma hanche pour m'attirer à elle. Mais si elle voulait le dissuader de draguer des lesbiennes, ce geste a l'effet inverse : il paraît encore plus excité.

Oh merde. Les mecs sont vraiment lourds quand ils s'y mettent.

— Dégage, lance Céline.
— Allez, on s'amuse.
Céline le pousse vivement.
— Va t'astiquer ailleurs, pauvre con.
— Fais pas ta timide.
Pourquoi faut-il toujours que j'attire le seul abruti qui ne veut rien comprendre ? Céline cesse de danser. Je la sens tendue à mort. Le mec a un coup dans le nez, ça va partir en couilles. Ils commencent à se prendre la tête, je cherche de l'aide, en vain. Personne ne s'intéresse à ce qu'il se passe et il n'y a pas de videur aux alentours. Soudain le mec attrape le poignet de Céline, il lui fait mal. Je lui somme de la lâcher mais ma voix ne couvre pas la musique et il s'en moque royalement.

Alors, sans réfléchir, je le frappe quand il tourne son visage énervé vers moi. Une bonne tarte dans sa tronche ! Ça me fait aussi mal à la main que lui à la joue. Au moins, il lâche ma copine. Céline est bouche bée et personne ne voit la droite arriver. Surtout pas moi. Je me retrouve le cul sur la piste, mon verre envolé dieu sait où, je vois mille chandelles. Putain que ça fait mal ! Ce qui se passe ensuite est assez flou. Sauf la douleur.

Je retrouve mes esprits dans une pièce insonorisée, où l'on ne perçoit que les vibrations de la musique. J'ai l'impression que ça fait écho à mon mal de crâne. Je veux me redresser mais quelqu'un me retient et je réalise que j'ai une poche de glace sur un œil.
— Comment vous sentez-vous ?
Qui c'est ce mec ? Oh, un pompier. Je me suis évanouie ou quoi ?
— J'ai mal à la tête. Céline… ma copine, elle…
— Je suis là ma chérie. Mon héroïne je devrais dire !
Je suis rassurée de la savoir à mes côtés.
— Vous allez avoir un bel œil au beurre noir mais il n'y a rien de

cassé.

Il m'examine encore, me faisant ouvrir mon œil blessé. Sadique.

— Si jamais vous avez des vertiges ou un malaise, il faudra vous rendre à l'hôpital, OK ?

— Hum… OK.

Le pompier se redresse et laisse Céline prendre sa place.

— Il ne faut plus vous battre, demoiselle.

Il n'a même pas l'air de plaisanter, dis donc.

— Je vais essayer, ironisais-je. Il est où le mec ?

— Ils l'ont viré, il a été récupéré par les flics. Il faudra porter plainte, m'explique Céline.

Je me redresse un peu et remarque que le pompier discute justement avec un flic. Il y a aussi un mec qui ressemble à un videur et une nana, peut-être la patronne.

— Là, je voudrais rentrer, dis-je à Céline.

— Pas de souci, ils ont dit qu'on pouvait faire ça demain. Oh cette baffe que tu lui as mise ! Épique !

— Mon vol plané aussi, non ?

Céline ne peut se retenir de rire mais je remarque que son mascara a coulé.

— Il t'a fait mal aussi ?

— Non.

— Tant mieux.

— J'ai eu très peur pour toi. Là je me marre, mais sur le coup j'en menais pas large.

Je lui souris tendrement. Elle a pleuré pour moi, elle s'est inquiétée, ça me touche. Dans ma vie, peu de personnes se sont souciées de mon sort.

— Aide-moi à me lever, s'il te plaît.

— Il vaut mieux attendre les garçons.

— Les garçons ?! Ils viennent ??

— Bah oui, je les ai prévenus. Et tu restes à la maison, je ne veux pas que tu fasses un malaise en étant seule.

Je m'enfonce dans le canapé en cuir. C'est quand Elias va me voir avec la tête de Rocky que je vais faire un malaise. Super le sex-appeal. Sur les mecs, les coquards, c'est sexy, mais sur les femmes, pas vraiment.

Justement, quand on parle du loup. Les deux beaux mâles entrent et je remets la poche de glace sur mon œil pour le masquer. Ils sont blêmes, ce qui me fait plaisir, il faut l'avouer.

Céline se lève pour leur expliquer, Gabriel s'énerve : il veut défoncer le mec. Elias est calme mais son regard est si dur que j'en ai peur et baisse la tête.

— Alors comme ça p'tite roukmoute[8], tu t'es prise pour une caïd ?

Gabriel a toujours le mot pour me faire rire.

— Oui, fais gaffe maintenant.

— Tu m'étonnes, je ne te chercherai plus. Tu peux marcher ?

— Je pense.

Elias intervient.

— Je vais te porter.

Même si l'idée d'être dans les bras du beau brun me tente, je refuse.

— Non, non, ça va aller. Il m'a frappée au visage, pas cassé une jambe.

J'ai répondu plus sèchement que je ne le souhaitais, réalisant soudain que je lui en veux. Je lui en veux de ne pas avoir donné de nouvelles. Je lui en veux de ne pas avoir été là. Je lui en veux d'être toujours avec Céline. Merde. Il paraît blessé mais je m'en moque. Je le suis aussi. Et pas que physiquement. Alors je me venge comme je

---

[8] Rousse/roux.

peux. C'est moche, je sais. Je tends le bras pour qu'on m'aide à me relever et me laisse guider par Gabriel.

Sur le trajet jusqu'à chez eux, Céline raconte dans les détails ce qu'il s'est passé. Elias jette plusieurs regards vers moi dans le rétro mais à chaque fois, je l'évite, me cachant derrière mes longs cheveux. Je veux qu'il comprenne que les choses doivent bouger après ce qu'il m'a fait au drive in. Ce ne devrait pas être Gabriel qui prend soin de moi mais lui. Et il ne le fait pas. Et j'ai peur qu'il ne le fasse jamais. Qu'il ne soit qu'un mirage, que tout ce que j'imagine ne soit que du vent. Qu'il me la fasse à l'envers, comme Clément. Qu'il m'abandonne avant même que ça ait vraiment commencé…

Installée dans la chambre d'amis, je me sens toute déprimée. Et épuisée. Céline est partie me chercher du Doliprane quand Elias entre. J'ai les yeux fermés et ne le remarque que lorsqu'il s'assoit près de moi. Pas le temps de cacher mon œil. Je veux remettre mes cheveux devant mais il m'en empêche en retenant ma main.

— Je suis désolé.

Je ne bronche pas.

— Pour le silence. Pour ce soir. J'aurais voulu…

— Mais tu n'as rien fait. Du tout. Si tu cherches juste à t'amuser, dis-le-moi maintenant.

Les larmes commencent à me picoter le nez. Je ne vais pas pouvoir les retenir, je me sens si mal…

— Pas du tout. Je te le jure.

— Alors pourquoi ?

Ma voix se brise et j'étouffe un sanglot. Je m'étais juré de ne plus pleurer pour un mec, fait chier.

— Ne pleure pas, Emi…

Il me caresse la joue, je le repousse. Céline arrive à ce moment-là.

Elias retire doucement sa main et j'essuie les larmes qui s'échappent pour les cacher, en vain.

— Oh, ma chérie, tu as mal. Pousse-toi, Elias.

Il se lève pour lui céder la place.

— Prends ça, ça va te soulager. Je vais rester dormir avec toi, au cas où.

— Non, t'embête pas.

— Tsss tsss.

Je n'argumente même pas et avale le médicament avec un verre d'eau. Céline pose la plaquette sur la table de nuit. Sans même regarder Elias, je me cale contre les oreillers et ferme à nouveau les yeux. Puisque personne ne veut m'écouter, autant que je dorme ! J'essaie, tout du moins. La douleur me maintient éveillée. Et pas que celle de mon œil.

Peut-être que l'Univers me punit pour ma salope-attitude ? Putain d'Univers, tiens. Il te remet à ta place quand tu dévies, mais il ne t'offre rien quand t'assures.

C'est nul.

12. Celui-dont-on-ne-prononce-pas-le-prénom.

J'ai fini par sombrer. Une nuit agitée dont je me réveille encore fatiguée. Céline dort toujours, un bras sur mon ventre. Je bouge doucement pour ne pas la déranger mais elle ouvre un œil et se décale.

— Salut Superwoman. Comment tu te sens ?

— J'ai encore mal mais ça va. J'ai soif.

Céline se redresse.

— Ne bouge pas, je t'apporte ça.

— Non, reste au lit. Il faut aussi que j'aille aux toilettes.

Je repousse les draps. Je me lève, morose, et après un pipi rapide, je vais me réfugier dans la salle de bains.

J'ai besoin de parler avec Sophie mais je ne sais même pas où est mon téléphone. Je reste assise sur le bord de la baignoire comme une pauvre dépressive jusqu'à ce que des coups à la porte me sortent de ma torpeur.

— Émilie ?

C'est Céline. Elle ouvre la porte. Je regrette de ne pas avoir pensé à fermer à clé.

— Est-ce que tout va bien ?

— Oui.

C'est un mensonge mais je ne risque pas de lui dire. Bon sang, avoir des secrets c'est juste épuisant. Céline referme la porte et vient s'agenouiller devant moi. Elle dégage mon visage, plaçant mes boucles rousses derrière mon épaule.

— Le violet fait ressortir tes yeux.

Je hausse les épaules. Tentative de dédramatisation avortée.

— Dis-moi ce qui ne va pas.

— J'ai mal.
— Y'a pas que ça, on dirait que t'es en colère.
— Non.
— Tu m'en veux de l'avoir provoqué.
— Mais non, je m'en fiche.
— Hum…ok.
Un ange passe.
— Je n'ai pas eu le temps de te le dire… Merci.
Je la regarde. Comment accepter un nouveau merci alors que j'ai prévu de lui faire un coup de pute ? Mais Céline ne le comprend pas et m'embrasse. Pas un baiser sur la joue, mais sur les lèvres. Pas un smack amical mais le début d'un vrai baiser. Choquée, je ne bouge pas. Mais je recule quand ma copine pose les mains sur mes cuisses. Céline se relève.
— Désolée, je ne sais pas ce qui m'a pris.
Nous nous regardons comme si aucune ne comprenait ce qu'il vient de se passer.
— On t'attend pour le petit déjeuner, prends le temps qu'il te faut.
Céline quitte la salle de bains, me laissant encore plus perdue. Ça voulait dire quoi, ça ?

Je descends vingt minutes plus tard, après une bonne douche. J'ai attaché mes cheveux, ne cherchant même plus à cacher mon visage de boxeuse. Gabriel m'accueille avec un câlin et m'entraine à table pour reprendre des forces, qu'il dit. Céline est au téléphone, Elias déjà assis. Il m'observe, attendant un signe de ma part mais je suis trop à l'ouest pour savoir quoi faire, là, tout de suite, maintenant.
— Ton tel n'a pas arrêté de sonner, me fait savoir Gabriel. J'ai fini par décrocher. Ton copain va passer.
Moi qui ai accepté le jus d'orange, j'avale de travers.

— Mon quoi ?!
— Clément.
— C'est pas vrai…

J'ai envie de pleurer d'énervement.

— Je croyais que tu n'avais personne.

Je fusille Elias du regard, ses mots me parvenant comme un reproche.

— T'es sérieux, là ?

On se fixe quelques secondes et il reporte son attention sur le café. Gabriel reprend la parole.

— Bah alors, c'est qui ?
— Mon ex.
— Merde, il a dit que c'était ton ami alors je lui ai expliqué ce qu'il s'était passé cette nuit. Je suis un boulet…
— Ce n'est pas ta faute, Gab'.
— Si tu ne veux pas le voir, je le vire. T'as qu'un mot à dire.
— Non, au point où j'en suis…

Il se lève pour me prendre dans ses bras.

— Oh, ma p'tite Rocky, dis pas ça. T'es toujours belle, tu sais !

Je lui souris. Pourquoi ce n'est pas sur lui que je craque ? Parce qu'il me briserait le cœur aussi, bien sûr ! Différemment mais quand même.

Lorsqu'il se dégage, je désigne Céline avec mon menton.

— Avec qui elle est au téléphone ?
— Nos vieux.
— Oh.

Je me tourne vers Elias.

— Alors, vous allez vous marier ?

À son tour d'avaler de travers.

— Non. Ça n'arrivera pas.

Gabriel se marre en mangeant son pain au Nutella. Ou du Nutella au pain, vu la quantité. Céline revient à ce moment-là. Elle a l'air gênée en croisant mon regard mais prend quand même place à côté de moi.

— Ça va ?

— Oui.

— Putain, Céline, tu n'sais pas la gaffe que j'ai faite ! s'exclame Gabriel, la bouche pleine.

Sa sœur fronce les sourcils et nous regarde chacun notre tour.

— Ton frère a répondu à mon téléphone ; mon ex va débarquer.

— T'en loupes pas une, toi ! Je vais le recevoir, ne t'inquiète pas.

— Mais non, je vais m'en occuper.

Gabriel éclate de rire.

— Tu veux un casque au cas où ?

Je lui colle une tape sur l'épaule. Il ne prend jamais rien au sérieux. Quelqu'un sonne à la porte.

— Quand on parle du loup… Je me demande à quoi il ressemble !

Il se lève précipitamment pour aller ouvrir. Céline lui emboîte le pas. Elias en profite pour se rapprocher de moi. J'ai la nette impression que les galères ne sont pas près de s'arrêter.

— Il faut qu'on parle, Émilie.

— De quoi ?

— De nous.

— Parce qu'il y a un nous ?

Il paraît blessé par ma question. Bien fait.

— Oui. Et c'est bien pour ça qu'il faut qu'on parle.

— Tu…

Pas le temps de finir sa phrase que l'Ex fait son apparition dans la grande pièce à vivre.

Clément n'a pas changé. Ses cheveux châtains sont coupés courts, trop courts comme d'habitude. Ses yeux bleus qui m'avaient tant fait craquer au début ne me font ni chaud ni froid. Il est toujours trop mince et garde cet air d'éternel ado. Nous nous dévisageons et je me demande ce que j'ai bien pu lui trouver. Il n'est pas moche, loin de là, mais il n'a rien de particulier non plus. Charisme d'un poulpe. Et comparé à Elias… En même temps, Elias me donne de plus en plus l'impression de n'être qu'un fantasme. Et vous savez ce qu'on dit sur les fantasmes : ils ne sont pas faits pour être réalisés.

Avant que je ne puisse réagir, Clément m'enlace puis se décale un peu pour me relever le menton.

— Ma pauvre, il ne t'a pas loupée.

Toujours le mot qui fait plaisir. Je soupire.

— Je vais te raccompagner.

Je lui aurais bien demandé de quel droit mais le fait est que j'ai envie de rentrer. J'ai besoin de respirer.

— D'accord.

Je remarque alors que les trois autres me fixent. Chacun avec une expression différente mais je n'ai pas envie de déchiffrer.

— Gabriel, tu peux me passer mon tel et mon sac, s'il te plaît ?

— Oui, je t'amène ça.

— Tu ne veux pas te reposer ici ?

Céline me supplie du regard.

— Non, je dois voir si les chats vont bien. Je t'appelle.

Je fais la bise aux garçons – oui même à Elias ! – et un câlin à Céline puis je file avec mes affaires… et mon ex.

Ces vacances ressemblent à un Very bad trip.

Dans la voiture, je ne pipe pas mot, laissant Clément parler. Je n'ai capté que des bribes de son monologue. De toute façon, il ne parle que de lui. Pour pas changer.

Quand nous arrivons à mon chez moi pour l'été, je pose la main sur la poignée mais ne l'ouvre pas de suite. Je me tourne vers mon ex.

— Qu'est-ce que tu fais là ?

Il est surpris.

— Je te l'ai dit. Je suis en vacances.

— Prends-moi pour une quiche. Pourquoi ici ?

— Je n'ai pas le droit ?

— Ne te fous pas de moi. Tu n'en as jamais parlé.

Il me sort son regard de Chat potté. Qui ne marche plus. Du tout. Au contraire, j'ai envie de le claquer.

— Tu me manques.

— À la bonne heure.

— Tu ne me crois pas ?

— Que je te croie ou pas n'a pas d'importance. C'est trop tard.

— Je n'ai pas le droit à une autre chance ?

Je soupire, blasée. Ce serait la mille et unième au moins, mais il ne s'en rend même pas compte.

— Merci de m'avoir ramenée.

Sans plus d'explications, je sors de la voiture et me hâte de rentrer. C'est sans compter sur la rapidité et la ténacité de celui qui m'a brisé le cœur quelques mois plus tôt. Il me rattrape alors que j'ouvre la porte d'entrée.

— Émilie, je sais que je me suis mal conduit, mais regarde, je suis là, j'ai changé tous mes plans pour être avec toi.

— Fantastique. Mais j'ai peut-être d'autres plans, moi.

— Arrête, t'es seule en vacances.

Encore cet air condescendant qui me rabaissait à l'époque mais je ne me laisserai plus faire.

— Et ?

— Laisse-moi t'inviter à dîner. Tu verras, j'ai changé. Après tu te décideras, OK ?

— … OK.

Je n'ai pas envie de batailler.

— Super ! Ce soir ?

— T'as vu ma tête ?

Il me caresse la joue. Je frissonne, pas de plaisir.

— T'es jolie quand même.

Je repousse sa main.

— Demain.

Mais pourquoi j'ai dit oui ? Je me maudis. J'aimerais me fustiger sur place.

— D'accord demain. Merci, Émilie.

Il se penche pour m'embrasser mais il ne faut pas pousser, je lui tends la joue.

Il part et je me retrouve enfin seule. Ou presque car mon petit fauve me saute dessus. Câlinous, croquettes et enfin, je peux m'étaler sur le lit. J'ai envie de parler avec ma meilleure amie mais je suis trop K.-O. La nuit porte conseil, peut-être que les siestes aussi ?

Je me réveille vers 15 heures, affamée. J'ouvre une boîte de Déli'choc au chocolat noir, mes préférés, et m'affale devant la télé. Tout en grignotant, je fais défiler les chaînes. Il n'y a rien d'intéressant. Je laisse une émission où les gens racontent l'enfer qu'ils vivent avec une nana trop possessive ou un mec accro à sa voiture. Au moins, ils n'ont pas sauté sur le mec d'une copine, et ils n'ont pas non plus leur ex dans le coin. En voyant la fille du reportage au téléphone, je cours presque chercher le mien. Il faut que je parle avec Sophie. Trois textos, des tas de notifications Facebook, deux appels en absence, un message sur le répondeur. Je me suis fait appeler, désirer, pendant mon sommeil. Pour un peu ça me remontrait le moral.

Les appels sont de Lukas et le message de lui aussi. Il vient aux nouvelles de ses chats et plantes. Je le rappellerai une fois bien réveillée mais je lui écris rapidement sur messenger. Les textos : numéro non enregistré mais dont je devine facilement l'expéditeur.

Clément : Heureux de t'avoir revue, tu me manques vraiment, blablabla.

Je ne lis pas la fin et m'empêche de lui rétorquer que ses déclarations arrivent bien trop tard. Deuxième texto :

Céline : Ma puce, appelle-moi quand t'es dispo. On se voit vite j'espère !

Je lui réponds rapidement.

Moi : Je viens de me réveiller, je t'appelle plus tard. Biz.

Et le troisième : Ah !! Ma Soso !

Sophie : Je ne t'oublie pas. Dis-moi quand t'es dispo. J'ai hâte d'avoir de tes news. Ta Kaye.

Aussitôt lu, je lui téléphone.
— Ma Kaye !!!
— Je suis contente de t'entendre.
— Je suis dans la merde !
— Hein ?? Elle sait ?
— Non c'est pire.
Je retourne dans le salon et me laisse tomber sur le canapé, manquant d'écraser Gibbs qui me crache dessus pour montrer son mécontentement.

— Il reste avec ??
— Oh mon Dieu, je ne sais même pas par où commencer ! Clément a débarqué.
— Quoi ???? Mais qu'est-ce qu'il fout là, ce connard ?
— Genre je lui manque. Et j'ai un œil au beurre noir.
— Hein ??? Il t'a frappée ??
— Non !
— Je ne comprends rien, commence par le début. T'as pas un truc à boire ?
— Si.
— OK alors prends un verre. J'en prends un aussi. Et, attends ! J'te rappelle en visio. On va faire comme si on était ensemble, OK ?
— Oui.

Et voilà comment nous nous retrouvons à boire plusieurs verres tout en discutant, non pas des malheurs de Sophie, mais d'Émilie. Nous trouvons quand même le moyen de rire de tout ça. Comme toujours, ça me fait du bien de parler avec ma meilleure amie. Sophie a une vraie force : elle voit toujours le bon côté des choses. Selon elle, rien n'est perdu avec Elias, ce n'est pas plus mal qu'il se sente en compétition avec Clément. Quant à ce dernier, je dois lui laisser une addition bien salée et partir comme une princesse.

Reste le problème Céline.

— Tu crois qu'elle est lesbienne, ou bi ?
— Je ne sais pas. Au lycée elle n'avait pas de tendance. Enfin, je ne crois pas.
— Peut-être qu'elle a découvert ça plus tard. Tu sais quoi sur son ex ?
— Il s'appelle Fred, c'est tout ce que je sais.
— Faut que tu chopes son numéro et des infos.
— Qu'est-ce que tu veux que je fasse de son numéro ?

— À moins qu'il soit un véritable enfoiré, tu dois l'aider à retourner avec elle pour avoir champ libre. Sinon, tu la fourres avec Clément.

J'éclate de rire et mon œil me fait mal. Signe que je peux encore boire un peu.

— Non, ce ne serait pas un cadeau pour elle.

Sophie pouffe.

— Tu m'étonnes. Bon allez, sérieux, il faut te remettre en selle, ma belle !

— Ce serait tellement plus facile si t'étais là…

— Ma Kaye, tu peux y arriver sans moi ! Et je serai là bientôt.

— Mouais… Oh, je ne t'ai même pas demandé comment ça allait avec ton jules ?

— Ça va, doucement.

— Doucement ?

— Je ne vais pas le voir pendant deux jours, il voit ses parents.

— Ah mince. Mais ça passera vite.

— Oui, c'est sûr.

J'entends un bip sonore et réalise qu'un double appel s'affiche sur l'écran de mon téléphone.

— Lukas essaie de me joindre, il faut que je lui réponde.

— OK, ma poulette. Et oublie pas, you're the best !

Je ris : si seulement.

— Bisous !!! Ciao !!!

Je raccroche pour prendre Lukas en appel normal.

— Lukas !!

— Ah quand même ! Je commençais à m'inquiéter !

— Pour tes chats ou moi ?

— Eux bien sûr ! Toi, t'es une grande fille !

— Salaud ! Ils vont tous bien, le poisson aussi. Même les plantes. Et toi ?

— Mon mec me prend le chou, je crois que je vais l'abandonner dans le bush.

— Rhooo…

— Je te jure, il me gâche presque le paysage.

Je ris. Lukas est toujours comme ça mais pour rien au monde il ne quitterait son chéri.

— Alors, raconte-moi. C'est quoi cette tête ?! Sur Face tu ne m'as pas donné assez de détails, je suis en manque de gossip[9] !

— Ça ne va pas douiller, la note ?

— Ah si. Je t'appelle sur face.

Une vraie commère, celui-là ! Mais ça me fait du bien de raconter encore mes mésaventures et d'avoir un autre avis.

Lorsqu'il rappelle, je me lance donc dans un résumé, pas trop précis quand même – j'évoque les caresses au ciné superficiellement malgré les supplications de mon ami. Il me prodigue à peu près les mêmes conseils que Sophie, ajoutant que je dois absolument le tester au lit avant d'aller plus loin. Quel obsédé celui-là !

— Et je fais ça comment ?

— Fais pas ta mijaurée alors qu'il t'a tripotée sur la place publique.

— N'abuse pas quand même, on était cachés.

— Oui, vite fait hein. Mais peu importe, tu dois coucher avec. Tu vas dormir chez la Céline, tu lui files rancard dans la nuit et hop.

— T'es malade ??!

— Émilie, je t'adore, mais soyons honnêtes : tu es déjà une salope. Alors va jusqu'au bout.

J'en reste estomaquée. En même temps, il n'a pas vraiment tort.

— Allo ?

— Oui, oui, je suis là… Je ne pourrais pas faire ça avec elle pas loin.

---

[9] Potins

Je ne suis pas une salope à ce point.

— Alors invite-le.

— Et comment il va expliquer à Céline qu'il ne dort pas chez elle ?

— Qui a parlé de nuit ?! Ce que t'es mémère ! Il y a vingt-quatre heures dans une journée pour faire l'amour. Trouve le bon créneau.

— Hum…

— J'y vais ! L'homme se réveille.

— Embrasse-le pour moi. Et merci.

— À ton service, ma belle. Et fais attention à toi.

Je raccroche, songeuse. Mon portable m'annonce que je vais être à court de batterie et je remarque un nouveau texto. Céline, qui veut savoir si j'ai bien dormi. Je soupire. L'appeler ? Ne pas l'appeler ? Je lève les yeux et vois les trois chats, alignés comme les Dalton, qui me fixent. Captant mon regard, Gibbs est le premier à miauler.

— J'arrive ! Moi aussi j'ai faim…

Je réponds à Céline que j'ai oublié que je dînais chez la voisine, pas le temps de rappeler. J'ai besoin de réfléchir.

Est-ce que j'oserai suivre le conseil complètement indécent de Lukas ?

13. Faut pas pousser mémé dans les orties.

Après une soirée plateau télé, à doudouner[10] les chats, et à éviter de trop penser, je me suis endormie.

Au matin, le contour de mon œil est toujours violet et à peine moins moche à voir. Je grimace en me regardant dans le miroir, et à nouveau en lisant le rappel du restaurant que je dois faire avec Clément. Pour une fois, il n'a pas l'air si sûr de lui. À moins que ce ne soit qu'une feinte pour mieux m'amadouer. J'ai envie d'annuler mais la possibilité de lui faire payer le restau est trop tentante. Au début de notre relation, il n'avait pas de travail donc je payais toujours, et quand il en a eu un, on n'y allait plus. Il trouvait toujours une excuse.

— Quel rat ! Je vais lui en mettre plein la vue et commander les plats les plus chers !

Gibbs miaule pour me soutenir puis reprend le fil de sa toilette, affalé sur le bar. Je l'observe quelques secondes.

— Dis donc, p'tit exhibo ! Tu ne peux pas te laver le kiki ailleurs ?

Il relève la tête, la jambe toujours en l'air, la langue à moitié sortie et me toise du regard, mode « tu me déranges ». Je ris et lui ébouriffe les poils. La vie de chat est si simple !

— Bon, que faire de cette journée ?

J'aurais bien aimé voir Céline mais ce n'est pas une bonne idée. Comment se comporter en bonne copine quand on n'en est pas une ? Comment font les filles dans les séries du style de « Gossip Girl » pour se faire des coups de pute pas possibles tout en restant amies ? Je hausse les épaules. La réponse est dans la question : parce que c'est

---

[10] Câliner.

une série. Dans la vraie vie, ça n'existe pas

Je bois une grande gorgée de thé et me confie à Gibbs, seul être vivant à la ronde, même si inapte à tenir une véritable conversation.

— Je vais tout lui avouer. Enfin, je ne vais pas raconter ce qu'il s'est passé mais lui dire que je craque pour son mec. Lui, après, il fera ce qu'il veut. T'en penses quoi, toi ?

Mon chaton se remet sur ses pattes et s'étire lascivement. Je soupire.

— C'est ce que j'ai de mieux à faire, la jouer franc-jeu. De toute façon, je vais la perdre.

J'attrape mon téléphone. Par texto ? Non, ça ne se fait pas. En même temps, Céline aurait le temps d'encaisser. C'est un peu lâche, beaucoup même, mais ce sera fait. J'appuie sur message, à : Céline. Reste plus qu'à trouver comment tourner la phrase.

Moi : Céline, je t'adore mais je suis folle de ton mec ?
Non, mauvaise idée.

Moi : Céline, je suis désolée, on ne peut pas rester amies, j'aime Elias ?

Ouh la, non plus. Ça fait trop drama.

Moi :Céline, je ne sais pas comment te dire ça mais j'ai croisé Elias avant ta soirée, j'ai flashé sur lui et même si c'est ton petit-ami, je ne parviens pas à le sortir de ma tête. Je ne me sens pas honnête de passer du temps avec vous, surtout quand j'ai envie d'être à ta place.
Je comprendrais que tu ne veuilles plus me voir.

Oui, ça c'est pas mal. Mes mains tremblent, mon cœur palpite. Mon doigt caresse le signe « envoyer » mais je ne parviens pas à me décider. Quand on sonne à la porte, je sursaute et appuie. Je pousse un petit cri. Plus de retour en arrière possible… Il va falloir assumer !

Une boule au ventre, je repose le téléphone et sors pour ouvrir la porte du jardin. C'est Carole. Elle porte la main à sa bouche pour étouffer un cri de surprise – ou d'horreur – à la vue de mon coquard.

— Mais que t'est-il arrivé ?

J'en avais presque oublié mon œil. Je pose la main sur ma joue.

— Oh ça ? Rien ! Une petite altercation.

Carole fronce les sourcils. Elle n'y croit pas une seconde, et pour cause.

— Ne vous en faites pas. Entrez donc ! Je vous offre un thé ?

— Non, merci. Je n'ai pas trop le temps. Je voulais savoir si tu voulais venir au zoo de Sanary avec nous ? On déjeunera avant dans un petit restaurant en bord de mer, chez des amis.

Je ne réfléchis même pas.

— Oui, avec plaisir ! Je me demandais justement quoi faire.

Et comment esquiver Céline qui pourrait débarquer furieuse, mais ça, je m'en cache bien.

— Fantastique ! Je te laisse te préparer, on passera te chercher à 11 h 30.

— OK ! Merci !

Carole me sourit et repart. Maintenant, je sais comment occuper mon temps avant de voir Clément. Lorsque je retourne dans la maison, je ne vérifie pas de suite mon téléphone. Je me laisse le temps d'une douche et de m'habiller.

Puis je regarde fébrilement : pas de texto, pas d'appel. Aucun message. Bonne ou mauvaise nouvelle ? J'aurai la réponse plus tard, là je dois rejoindre mes voisins.

Je fais la connaissance du mari de Carole. Je suis touchée de voir à quel point ces deux-là s'aiment. Je n'ai jamais vu de couple comme eux et, quelque part, j'ai fini par croire que ça aussi, ce n'était qu'à la télé. Ça fait du bien d'avoir la preuve que non. Ils sont complices, affectueux, des étoiles et des cœurs plein les yeux quand ils se regardent.

Est-ce que je vivrai ça un jour ? Avec Elias, ou un autre ? Je leur parle un peu de lui, de mon ex aussi et du message envoyé à Céline. Ils approuvent. Pas pour Clément en revanche.

— Pourquoi vas-tu dîner avec lui ?

— Je ne sais pas... Je crois que j'ai encore du mal à l'envoyer promener totalement. Et une partie de moi a envie de le voir baver.

Carole rit.

— Oh oui, ça je comprends ! Mais attention de ne pas retomber dans ses bras.

— Ça ne risque pas. Il m'a fait trop mal et m'a trop déçue.

— J'espère. Vu ce que tu en dis, il a l'air bien trop égoïste.

— Peut-être que moi aussi.

— Pourquoi dis-tu ça ? Pour Elias ?

Je hoche la tête positivement.

— Je te le redis, on ne peut pas choisir qui l'on aime. Mais si ce jeune homme en pince aussi pour toi c'est que ton amie n'est pas la bonne, et donc lui pas le bon. Après, adviendra ce qui adviendra mais je ne pense pas qu'ils aient besoin de toi pour que ça se finisse.

— Possible...

— Allez ne te bile pas trop. Passe-moi ton téléphone.

Je suis surprise.

— Pourquoi ?

— Tu verras. Ne t'en fais pas je ne sais pas m'en servir.

Curieuse, je lui passe.

— Parfait, je le garde jusqu'à ce qu'on rentre. Ça évitera que tu le tripotes sans cesse.

— Mais si…

— Il n'y a pas de mais. Vous, les jeunes, vous êtes obsédés par vos trucs là, vous oubliez de profiter. Alors cet après-midi, tu oublies les histoires et tu profites. Tu m'as dit que tu adorais les animaux, donc ça va te plaire, j'en suis certaine.

Je souris et ne cherche pas à argumenter. Carole a raison. Si je reste accrochée à mon portable, à flipper dès qu'il vibre, je ne profiterai de rien. Et ce n'est pas au milieu du zoo que j'aurai une discussion avec Céline si jamais elle me téléphone.

En fin d'après-midi, je rentre plus légère et ravie. J'ai passé un agréable moment avec Carole et son mari, j'en ai aussi pris plein les yeux. Si en arrivant au zoo, je me prenais encore un peu la tête avec mes histoires, je n'y ai rapidement plus pensé. Je ne suis même pas contente de récupérer mon téléphone. Je ne le consulte pas devant Carole mais qu'une fois dans la maison et… rien. Enfin, si, un message de Sophie pour venir aux nouvelles, et un de Clément pour dire qu'il a hâte. Mais pas de Céline. Il lui faut certainement un peu de temps pour encaisser. Curieusement, je ne sens plus cette boule dans mon ventre. Peut-être qu'avoir avoué mon attirance pour Elias à Céline m'a soulagée. Oui c'est ça. J'ai un poids en moins. Les secrets et les magouilles, ce n'est pas mon truc.

Je commence donc à me préparer en écoutant de la musique. Devant mes vêtements, je me demande ce que Sophie porterait et j'opte pour une jolie robe violette, fluide, assez courte et décolletée juste ce qu'il faut pour attiser l'imagination. Je me maquille un peu, choisis quelques bijoux et me parfume. Que faire de mes cheveux ? Lâchés ou pas ? Après hésitation, je me décide pour un chignon rapide et laisse quelques mèches s'échapper. Escarpins aux pieds, je suis prête.

Et c'est l'heure. Je commence à rassembler mes affaires lorsque la sonnerie se fait entendre. Sans me presser, je sors, ferme la maison et me dirige vers le petit portail. Lorsque j'ouvre la porte, Clément m'attend, visiblement impatient. Il me regarde des pieds à la tête, il a l'air séduit. Peut-être pour la première fois. Parce qu'à bien y penser, même au début il ne m'a pas regardée comme ça, et c'est moi qui lui courais après.

— Ouah, t'es belle !
— Merci.

Il a fait un effort vestimentaire mais je ne lui dis rien. C'est définitif : il ne me fait plus aucun effet.

— Prête ?
— Oui.

Il passe côté conducteur et j'ouvre la porte côté passager pour m'asseoir.

— J'ai trouvé un restau très sympa.
— Tant mieux.

Merde, pourquoi je n'ai pas choisi ? Il risque de m'emmener dans un restau pas cher où ils ne servent que du surgelé.

— En avant !

Il démarre, radieux. Il croit sérieusement que je vais craquer à nouveau ? Et pourquoi voudrait-il me récupérer ?

— Alors ça va mieux ton œil ?
— Oui, ça ne lance plus trop.
— Si j'avais été là, je l'aurais démonté.
— Oh… ?

Tu parles ! Il ne disait déjà rien à ses potes quand ils lui disaient qu'il sortait avec une grosse. En fait, juste une fille qui dépassait le 38. Alors se battre pour moi, je n'y crois pas une seule seconde. Et il commence à parler, parler… Je n'écoute que d'une oreille.

Nous arrivons au restaurant, qui, par chance, n'est pas pourri. C'est mignon, en bord de mer, les tables sont éclairées à la bougie. Romantique. Pas fait pour nous en somme. Mais je ne peux nier qu'il a trouvé un bel endroit, qu'il y a mis du sien. Clément me propose un apéritif, j'opte pour un kir au champagne, ce qui me rappelle Céline pour qui il n'y a jamais besoin de raison pour ouvrir une bouteille. Peut-être que je ne la reverrai jamais. Je suppose qu'on ne peut pas tout avoir dans la vie mais ça me ferait de la peine. Clément me sort de mes songes.

— Ça va, Émilie ?

— Oui, oui. Juste un peu fatiguée, j'ai marché tout l'après-midi.

— J'espère que tu vas tenir toute la soirée.

Il me lance un regard lubrique et je me retiens de lever les yeux au ciel. Ma petite vengeance ne vaut peut-être pas la peine de le supporter.

— Tu sais, j'ai beaucoup pensé à toi.

Il pose une main sur la mienne, je ne suis pas assez rapide pour la retirer.

— C'est vrai ce qu'on dit.

— Quoi donc ?

— Qu'on ne réalise à quel point les gens nous manquent que lorsqu'ils ne sont plus là.

— Ça dépend.

Je m'apprête à lui dire que pour moi c'est l'inverse mais le serveur apporte nos boissons. Il en profite pour prendre notre commande et moi pour récupérer ma main. Quand le serveur repart, nous avons perdu le fil de la conversation et c'est tant mieux.

— Alors tu aimes le coin ?

— Oui, c'est très sympa.

— Moi aussi, ça serait bien d'avoir un pied à terre ici.

— Sans doute.

Je commence à boire, il faudra bien ça pour tenir. Il fait quoi là ? Des projets pour nous ?

— Attends ! Portons un toast ! À un nouveau départ !

Il fait trinquer nos verres, je reste silencieuse.

— J'ai été promu.

— Félicitations.

— Et toi ?

— Toujours hôtesse.

— Tu devrais demander à passer assistante.

— Pourquoi faire ?

— Tu gagnerais plus.

— Sauf que ce n'est pas ce dont j'ai envie.

Il me considère plusieurs secondes. Nous avons souvent eu ce genre de discussion, il est ambitieux, pas moi. Et je cherche encore ma voie.

— C'est vrai. Ce n'est pas ta voie. Quand tu la trouveras, tu iras à fond.

— Si on parlait d'autre chose que le boulot ?

— Tu as raison ! Sophie n'est pas en vacances ?

— Si, mais elle viendra plus tard. Elle avait des choses à faire.

— Je vais pouvoir te tenir compagnie alors.

Je ne peux m'empêcher de rire. Lui et Sophie ne se sont jamais entendus, chien et chat. Et pour cause. Je l'imagine bien fuir à la seconde où elle arrivera. Évidemment, il prend ma réaction pour un encouragement et sourit.

— Tu voudrais faire quoi demain ?

— Ouh la, on n'y est pas encore. Je ne sais même pas pourquoi je t'ai dit oui pour ce soir.

— Peut-être que dans le fond, je te manque un peu.

— Très, très profond alors.

Je me lève.

— Je reviens, faut que j'aille aux toilettes.

— Ah, très bien…

Je file en direction des toilettes et aperçois une silhouette familière à la réception. Mon cœur manque un battement : Elias. Même quand j'attendais mes premiers rendez-vous avec Clément, je ne m'étais jamais sentie comme ça.

Il lève les yeux vers moi et je me sens fondre. Il esquisse un sourire. J'ai envie de courir et de me jeter à son cou. Ça ne peut pas être un hasard qu'il soit là ! Je fais un pas vers lui et me retrouve coupée dans mon élan en voyant qu'il est rejoint par plusieurs mecs. Je reconnais celui du marché, qui était aussi à la soirée mais j'ai oublié son prénom. Je profite alors de leur accolade pour m'esquiver aux toilettes. Peut-être que Céline va arriver, ou Gabriel. Je n'ai pas envie de les affronter ici.

Je n'ai pas non plus envie d'assouvir ma vengeance puérile auprès de Clément. Enfin, plus envie.

Lorsque je sors, je ne vois pas à quelle table Elias se trouve. Je file droit vers la mienne.

— Il faut que je rentre.

— Mais ils viennent d'apporter l'entrée.

— Je suis désolée. Je ne me sens pas bien.

Il soupire.

— Je vais prendre un taxi.

— Non, non, je te ramène.

Il sort quelques billets et les lâche sur la table. Je ne propose pas de partager, faut pas déconner. Je me hâte vers la sortie et il me suit. Dans la voiture aucun de nous ne parle. Je fixe les gouttes de pluie qui commencent à affluer sur le carreau. Le ciel pleure. C'est un signe de quoi ?

Clément se gare devant la maison. Le chemin m'a paru tellement long.

— Tu sais, j'étais prêt à faire des efforts.

Je me tourne vers lui.

— J'ai vu. Mais c'est trop tard pour moi.

— Qu'est-ce que je vais faire ? J'ai loué deux semaines ici.

Je pouffe. Il n'est pas si triste de me perdre, mais pour ses thunes et sa petite personne. Rien ne change.

— Profite du coin. Tu pourrais faire de belles rencontres.

Je dépose un baiser sur sa joue et sors de la voiture. Je cours jusqu'à la maison en m'abritant avec mon sac pour ne pas être trempée. Comme si ça servait à quelque chose !

Juste le temps de retirer mes chaussures et jeter mon sac sur le canapé qu'on frappe à la porte. Je peste contre Clément. Je pensais qu'il avait compris. Il ne va quand même pas jouer les lourdingues. J'ouvre la porte d'un geste brusque, et mon agacement disparaît en un instant. Elias est devant la porte, trempé et odieusement sexy.

— Il est là ?

— Hein ? Qui ? Clément ? Non. Pourq…

Il me pousse à l'intérieur et fond sur moi pour m'embrasser. J'en ai le souffle coupé ! Je lui rends son baiser avec une fougue que je n'aurais jamais soupçonnée.

Mais lorsqu'il commence à glisser ses mains froides sous ma robe, je retrouve mes esprits. Il ne faut pas que je me fasse encore avoir. Je ne le supporterais pas. Je le repousse.

— On doit parler. Tu l'as dit.

Il me fixe, surpris, limite choqué.

— C'est vrai…

Je croise les bras contre ma poitrine.

— Je t'écoute.

Au même instant, Gibbs saute sur le comptoir de la cuisine ouverte. Visiblement, il attend aussi une explication. Elias passe sa langue sur ses lèvres et je dois faire appel à toute ma volonté pour ne pas lui sauter dessus.

— Je suis fou de toi.

Ouah !! Danse de la joie dans ma tête, mais non, je dois rester forte et ne pas le laisser m'endormir avec de belles paroles. C'est fini l'Émilie neuneu !

— On se connaît à peine…

— Et alors ? Ne me dis pas que tu ne ressens rien.

Touchée ! Gibbs passe de l'un à l'autre comme s'il suivait un match de tennis.

— Je n'ai pas dit ça. Comment tu peux être sûr de ça ?

J'ai besoin de savoir, de l'entendre. Clément a toujours été nul en mots doux, sans parler de déclarations enflammées. Il ne m'en a jamais faites, ni lui ni un autre d'ailleurs. Mon ex a dû me dire « je t'aime » une fois et je m'étais forcée à y croire car je ne l'avais pas senti sincère. J'avais fait l'autruche.

Si Elias est un vrai mec, il saura y faire ! Il trouvera les mots pour me rassurer et me faire comprendre qu'il ne va pas me lâcher comme une vieille merde à la première occasion. Espérons, sinon il faudra que je mette un terme à tout ça.

Là, il se passe la main dans les cheveux, gêné de se dévoiler, mais il répond du tac-au-tac.

— Parce que je pense à toi tout le temps ! Depuis qu'on s'est croisés au marché, tu m'obsèdes. Quand on s'est retrouvés à la soirée, j'ai pris ça pour un signe.

Oh ! Lui aussi !?

— Tu me manques quand tu n'es pas là, j'ai besoin d'être avec toi !

Mais...

— Mais tu as quelqu'un.

Il soupire.

— Oui. Ton amie. Je ne voulais pas tout gâcher entre vous...

— Et entre vous ?

— Ça n'a aucune importance.

Sa réponse me choque autant qu'elle me fait plaisir. Ça veut dire que je suis plus importante pour lui que Céline, pas vrai ? Il se rapproche de moi, m'acculant vers le mur opposé. J'ai du mal à respirer.

— Fais-moi confiance.

Je baisse la tête, incapable de réfléchir sous ce regard brûlant. J'ai chaud dehors comme dedans. J'ai tellement envie de le croire sur parole mais je suis morte de trouille. J'ai peur de lui faire confiance et qu'il me brise en mille morceaux.

— Je ne peux pas... Je n'ai pas envie de me faire avoir, encore...

Il passe deux doigts sous mon menton pour me forcer à lui faire face. Tricheur ! Je me force à soutenir son regard.

— Émilie, je te promets. Tu peux me faire confiance. Je suis dans une situation compliquée, j'ai juste besoin d'un peu de temps pour en sortir.

— Combien de temps ?

— Deux semaines.

— Non ! C'est trop long. Je ne peux plus tenir comme ça. Je vais devenir folle !

— Émi...

— Non. Je te laisse une semaine.

Il me fixe. Je me prépare à lui tenir tête s'il veut en débattre. Quitte à lui raconter ma vie et qu'il parte en me traitant de cas social comme ça m'est arrivé une fois. Mais contre toute attente :

— D'accord.

J'ouvre de grands yeux. Un poids quitte ma poitrine. Il me veut vraiment ! Pour la première fois de ma vie, un homme va me prouver ses sentiments. Pour un peu, je hurlerais ou sauterais de joie. Je me contente de me mordre la lèvre inférieure pour ne pas pleurer. Il me rend mon sourire et se penche doucement vers moi. Il effleure mes lèvres des siennes, comme pour me demander la permission de m'embrasser. Je passe aussitôt les bras autour de son cou et l'attire contre moi comme une tigresse. Nous scellons notre accord d'un baiser torride. Même si je devrais attendre que la semaine passe et qu'il agisse, je le sais. Je ne peux pas résister plus. Mas barrières sont tombées, je n'ai plus qu'à prier pour qu'il ne me trahisse pas.

Rapidement, les mains d'Elias reprennent leur chemin vers mes cuisses, je ne suis plus en mesure de faire une quelconque objection. Il remonte sous le tissu alors que je lui arrache presque sa chemise. Son torse musclé s'offre à moi, mes lèvres quittent sa bouche pour sa gorge, puis ses pectoraux. D'un coup, je me sens soulevée et j'ai un hoquet de surprise. Elias fait passer mes jambes autour de sa taille, calant ses mains sur mon fessier rebondi pour me soutenir. Je lui lance un regard où se mêlent admiration et excitation. Ce mec arrive à me soulever sans effort, il est vraiment parfait ! Non ! Plus que parfait ! Je plante mes yeux dans les siens. Je sais que devrais résister mais j'en suis incapable avec lui.

— Prends-moi.

J'ai osé ! J'ai tellement rêvé de dire ça à un mec et là, c'est sorti tout seul ! Obéissant, Elias m'embrasse tout en me portant vers le canapé. Le lit aurait été plus pratique mais ça sous-entend une visite de la maison. Trop tard, trop loin… Et puis on est dans le spontané ! Je me retrouve allongée sur le canapé, Elias entre mes cuisses. La température est montée de dix degrés en quelques secondes ! Il descend entre mes cuisses, je frémis en sentant son souffle chaud sur ma peau. Il les embrasse, les mord tendrement. Il remonte vers ma culotte et je pousse un cri, de plaisir cette fois, quand je sens son baiser par-dessus le tissu. Mais il ne s'attarde pas. Ce n'est qu'un avant-goût. Il entreprend de me retirer ma robe tout en couvrant mon corps de baisers. Il prend le temps de me découvrir et je fonds comme neige au soleil. Il me fait me redresser pour m'enlever ma robe. Lorsque celle-ci disparaît, je suis assise, Elias à genoux devant moi. Un autre de mes fantasmes me passe par la tête, je sens mes limites se repousser. Ce soir, je me laisse aller !

Je l'éloigne doucement quand il veut me rallonger et je lui lance un regard coquin. Il passe sa langue sur ses lèvres et je commence à défaire la ceinture de son pantalon. Malheureusement, rien n'est aussi parfait que dans les romances, et je galère un peu avec les boutons de son jean. Il doit m'aider. Mais l'incident est vite oublié et je reprends en baissant son pantalon, dévoilant un boxer bleu. La bosse qui tend le tissu est annonciatrice de gros plaisirs à venir. Je me sens mouiller rien que d'y penser. Léchant goulûment mes lèvres, je dépose un baiser dessus et l'entends frémir. Je fais glisser mes doigts sur la partie élastique du boxer avec l'envie pressante de le lui retirer. Mais non. Je veux faire durer ce moment. Alors je griffe doucement l'aine d'Elias. Il frissonne et me repousse sur le canapé pour m'embrasser. C'est un peu comme si chacun voulait être le premier à donner du plaisir à l'autre. Avec une agilité déconcertante, il expédie son jean, ses chaussures… et même ses chaussettes !

Nos corps chauds, presque nus, s'épousent sur le canapé au rythme de nos baisers et caresses. Il s'est calé entre mes cuisses et je peux parfaitement sentir son membre viril contre mon intimité. Ma culotte est complètement trempée. J'écarte les jambes et m'agrippe à lui. Je me cambre sans même réfléchir, m'offrant entièrement à lui.

Mais il me fait languir. Il va passer sa langue sur mon décolleté, décale un bonnet pour venir titiller mon téton durci par l'excitation. Je perds pied sous ses caresses, je gémis et j'ignore si je vais tenir encore longtemps.

    Il descend encore un peu, j'ouvre les yeux pour le regarder faire… Le monde autour de moi se fige. Quelqu'un nous observe.

14. Karma ?

— Alors celle-là, je ne l'ai pas vu venir.

Céline. Céline est là, à deux mètres de nous à peine.

Nous n'avons pas refermé la porte, ça ne m'avait même pas effleuré l'esprit. Elias se redresse tandis que j'essaie de remettre mon soutien-gorge comme il faut. Honte, culpabilité, angoisse, la totale. Elle est certainement venue ici pour me parler de mon message et... oh le désastre !

Après un temps qui paraît interminable, Elias ouvre la bouche mais Céline le rembarre aussi sec.

— Oh, ferme-la ! Toi encore, ça ne me choque même pas. Mais toi !! dit-elle en me pointant d'un doigt accusateur. Elle est belle l'amitié !

— Je suis...

— Une putain ! Voilà c'que t'es !

Elle m'aurait mis une baffe que ça n'aurait pas été aussi violent. Et je ne peux même pas me défendre car c'est la triste vérité.

— Céline, calme-toi, tente Elias.

La chose à ne pas dire à une personne en énervée.

— Tu ne me donnes pas d'ordre, connard ! Et rhabille-toi si tu ne veux pas que ça finisse mal pour ta gueule.

Elle me fixe toujours. Ses prunelles sont aussi noires qu'un puits sans fond et je déglutis. Je décèle néanmoins une profonde tristesse par-delà la colère. Mais je ne sais pas quoi dire pour apaiser l'une ou l'autre, si tant est que ce soit possible.

Céline jette son jean au visage d'Elias. Oubliant ma culpabilité un instant, je lance un regard désespéré à mon amant : il est en train de remettre son jean !? Il ne va quand même pas partir ? Ça ne sert plus à rien ! Il n'a plus besoin de ses deux semaines !

L'espace d'un instant, j'espère qu'il ne se rhabille que pour avoir un peu de contenance mais Céline anéantit tous mes espoirs en quelques mots.

— Qu'est-ce que t'as cru ? Qu'il resterait pour tes beaux yeux ! T'as pas d'argent.

Les narines d'Elias gonflent de rage. Céline ricane. À cet instant, elle n'a plus rien de la bimbo, mais tout de la sorcière maléfique. Elias se penche vers moi en se relevant et me murmure de lui faire confiance. Comment ? Comment puis-je encore le croire ? J'ai l'impression que l'univers entier se disloque autour de moi.

— On s'en va. Maintenant !

Céline claque des doigts et ils s'en vont. Comme ça. Et moi, je reste plantée là, abasourdie, dévastée. J'ai l'impression qu'on m'a passée au rouleau compresseur. Incapable de crier ou pleurer, ni même bouger. Tout s'est passé si vite. Un rêve et pouf, cauchemar !

Après un temps indéfinissable, je capte le regard de Gibbs qui me fixe curieusement. Je tends la main vers lui comme s'il pouvait m'aider mais cet ingrat me tourne le dos avec dédain. Oh mon Dieu ! Même mon chat sait reconnaître une salope. Il ne m'aime plus ! J'éclate en sanglots, pitoyable, le cœur en miettes et honteuse. Je n'ai que ce que je mérite mais ça fait trop mal. J'ai toujours su qu'une confrontation avec Céline pouvait avoir lieu mais pas que ce serait si violent. Pour nous deux. J'ai envie de me terrer dans un trou et mourir. Ne plus rien ressentir.

Des yeux bouffis, un nez qui coule et un mal de crâne plus tard, je téléphone à Sophie.

— Allo, ma poule !

— Sophie... Je...

Paf, les larmes, le retour.

— Ma Kaye, que pasa ??

Ma réponse ressemble à un « hurfhurfsnniiiouuiiiin » ou un truc du genre. Même moi, je ne comprends rien à ce que je raconte. Sophie s'inquiète.

— Un chat est mort ???

— Nooonnnn…

— Clément t'a fait la misère ?

— Nooooonnnnn… c'est… Céline, elle… elle nous a vus !!

— Qui ? Clément et toi ?

— Nooooon ! Je m'en fous de Clément ! Elias !!

— Merde ! Vous faisiez quoi ?

— On était presque à poils… On.. on…

— Oh putain !!

— C'est moi la putaiiinnnn…

— Mais non !!!

— Siiiii…

— Kaye, ressaisis-toi ! T'es une bitch, c'est vrai, mais au moins c'est réglé ! C'est bon avec Elias.

— Il est parti avec elleeeuuuhhh !

Larmes, le retour 2. Sophie manque de s'étouffer au bout du fil. Elle a du mal à tout saisir, et pour cause !

— Quoi ?!

Re hurfhurfsnniiiouuiiiin.

— Je te rejoins !

Pas de réponse. Je suis au trente-sixième dessous !

— Tu m'entends ??

Un oui émerge de mes reniflements peu glamour.

— Je serai là demain matin, OK ?

— Oui…

Même si je ne suis pas certaine d'avoir bien compris ce qu'elle vient de m'annoncer.

— Prends une douche, mets des slows, déprime un bon coup mais SURTOUT tu ne téléphones à personne. Personne !

Reniflements. Non je ne ferai pas comme avec Clément. De toute façon, je n'ai même pas le numéro de téléphone d'Elias. Le problème est donc réglé. Et je ne rappellerai pas mon ex. Je suis tombée bien bas mais pas à ce point. J'ai tout sauf envie de le voir ce gros naze.

— Tu ne réponds pas non plus ! Sauf à moi.

— Oui…

— Allez, ma Kaye, tiens le coup !

15. Les amis sont des trésors.

Je passe le reste de la soirée dans un flou absolu. J'opte pour du lait et des chocolats plutôt que de vider le bar de Lukas. Même si l'idée m'a beaucoup tentée. J'ai trop peur de faire n'importe quoi avec mon téléphone si je ne me maîtrise plus. Ces derniers temps, j'ai assez abusé de l'alcool. Et rien de pire qu'une nana bourrée au bout du fil ! Heureusement, personne ne tente de me joindre hormis Sophie pendant ses pauses café-clope sur la route.

Ah ma Kaye, toi au moins tu es là pour moi, et c'est une chance. Je ne sais pas ce que je ferais sans toi.

Vers 1 heure du matin, je sombre dans un sommeil profond et rempli de cauchemars. Je me rejoue la scène en boucle, avec des nuances : Céline se transforme en monstre sanguinaire et nous tue, Elias me dit qu'il m'a bien eue et le couple repart en riant de moi… Je me réveille fatiguée et encore plus déprimée. Un coup d'œil au réveil : il est 8 h 15. J'attrape mon téléphone et vois les appels en absence de Sophie. Je la rappelle aussitôt.

— Désolée, je m'étais endormie.
— Si c'est ça, ça va. J'ai eu peur que t'appelles Céline ou ton ex.
— Non… et personne ne m'a contactée…
— Pas plus mal. Bon, je suis presque arrivée, prépare le kawa !
— Oki… Kaye ?
— Ouais ?
— Merci.
— T'inquiète, ma Kaye. Bisous !

Après avoir raccroché, je mets la machine à café en route et file me prendre une douche, tout en prenant soin d'éviter mon reflet dans le miroir. Non seulement je dois avoir une sale tronche mais en plus je me sens trop honteuse pour supporter mon propre regard. J'enfile des vêtements sans leur prêter attention et m'assois sur le canapé pour attendre ma meilleure amie. Je me remets à pleurer en repensant à ce que j'ai vécu sur ce canapé la veille. Gibbs vient me faire des câlins pour me consoler et je manque de l'étouffer en le serrant dans mes bras. Je suis rassurée qu'il m'aime toujours.

La sonnette me sort de mes pensées. Je sursaute. Ce doit être Sophie. J'hésite à la textoter pour savoir si c'est bien elle. Finalement, je prends mon courage à deux mains pour aller ouvrir, une boule au ventre. Mais à la vue du teint chocolat de mon amie, je me détends. Nous tombons dans les bras l'une de l'autre. Après une longue étreinte, Sophie se recule.

— Allez, il me faut un café pour préparer la contre-attaque !
Je la regarde, surprise. De quoi parle-t-elle ?
— Quoi ? Tu ne le veux plus ton Elias ?
— Si… Enfin, je crois… Je ne sais plus… Je veux comprendre.
— Alors il me faut ma dose de caféine ! Sinon je ne réponds plus de rien !

Nous entrons et Sophie se jette sur le canapé. Je lui sers un café et me prends un thé, avec trois sucres, pour la peine. J'apporte ensuite des gâteaux et prends place à côté de ma meilleure amie.

Après réflexion, je crois que je suis assez stupide pour vouloir encore Elias mais n'est-ce pas mort ? Il a suivi Céline…

— Parlons peu, parlons bien. Céline l'a suivi, tu crois ?
— Je ne sais pas… je pense qu'elle est venue car je lui avais envoyé un message pour lui dire que je craquais sur Elias et que…
— Quoi ?!! Tu m'as caché ça ! Pourquoi tu lui as dit ?

— Je ne supportais plus de faire double jeu…
— Hum… La vérité n'est jamais bonne à dire dans ce genre d'histoire… Et elle a répondu ?
— Non.
— Bah écoute, tu pourras lui rappeler que tu l'avais prévenue et que tu pensais que son mec l'avait quittée. Le salaud c'est lui.

Je pouffe. Sophie a l'art de retourner les situations comme ça l'arrange.

— Tu simplifies vachement.
— Mais c'est vrai !

Sophie hausse les épaules.

— De toute façon, Céline on s'en fout. Elle ne veut plus te parler, tant pis. Désolée de te dire ça, mais ce n'est pas pour vos retrouvailles d'une semaine que vos vies vont changer.

Je soupire. Ce n'est pas si simple. Peu importe le temps de nos retrouvailles, j'ai mal agi. Mais ça ne semble pas traumatiser Sophie.

— Ce qu'il faut, c'est choper Elias et lui demander de régler les choses. Soit il t'a mytho et c'est un sale connard, et on va le pourrir, crois-moi ! Soit non, et là, il doit virer sa greluche !
— Je n'ai pas son numéro.
— Mais tu sais où le trouver.
— T'es folle ! Je ne vais pas me ramener là-bas.
— T'as un autre choix ?

Je cherche mais il semble que non. Je reporte mon attention sur ma tasse de thé. Je ne peux pas aller là-bas. Je vais me faire abattre si je sonne à la porte ! Mais encore une fois, Sophie ne semble pas de cet avis.

— On est bien d'accord. C'est la seule approche. Et on va y aller maintenant.
— Non !

Je regarde Sophie, affolée. Je ne suis pas prête pour une autre confrontation. Du tout ! Je secoue la tête négativement.

— Si, si. Faut battre le fer tant qu'il est chaud !

— Mais…

— Tu ne vas pas lui laisser le temps de lui bourrer le crâne ?

— Non…

— Alors c'est parti !

— T'as vu ma tête ?

— C'est très bien. Il verra qu'il t'a fait mal.

— Je vais faire pitié.

— Mais non. Pis, il verra ta tête des pires jours, comme ça il saura s'il te veut vraiment.

— Hey, salope !!

Je lui mets une tape sur l'épaule et Sophie rit. Ma belle antillaise se lève alors, prête à agir.

— Bon Ok. Ravalement de façade, qu'il voit ce qu'il risque de perdre !

— Tu n'es pas fatiguée ?

— Je suis trop sur les nerfs. Allez bouge-toi !

— Mais comment on va esquiver Céline ? Je veux dire, c'est chez elle…

— Je m'en charge ! Allez, go ! go ! go !

Visiblement, je n'ai pas le choix. En fait si, mais abandonner ne me convient pas plus.

On m'a toujours abandonnée et cette fois je dois me battre. Je me lève lentement et suis Sophie. Dans quoi je m'embarque encore ? Je suis terrifiée à l'idée qu'il me rejette. Mais rester ici à attendre ne donnera peut-être rien. Évidemment, j'aurais voulu qu'il vienne me retrouver, comme dans les films ! Et si…

— Attendons un peu.

Sophie fait volte-face. Bras croisés sur la poitrine.
— Pourquoi ?
— Il va peut-être venir lui-même…
Sophie regarde sa montre.
— Il va être 10 heures. Il serait déjà venu.
— Alors ça veut dire que ça ne sert à rien.
Sophie se rapproche et pose les mains sur mes épaules.
— Possible. Mais tu ne le sauras jamais si tu n'essaie pas. T'as la trouille, je comprends. Sauf que c'est la peur qui nous empêche d'avancer dans la vie. Je suis là, avec toi, donc zappe la peur et fonce.

Je la fixe, le temps que mon cerveau encaisse. Mon amie a raison. J'ai trop peur. Mais il n'y aura pas mort d'homme. Au pire : encore quelques soirées à bien déprimer puis ça s'estompera ?
— Ok, maître Yoda. On y va !
Sophie sourit et me passe le bras autour des épaules pour aller à la chambre. Une demi-heure plus tard, je suis prête. Ou tout du moins, habillée et maquillée. Parce que mentalement, je suis certes motivée, mais j'ai le trouillomètre à zéro ! Sophie sonne le départ après avoir pris une douche et nous prenons la route pour aller chez Céline.

Alors que nous nous rapprochons, je me sens de plus en plus fébrile. J'ai beau argumenter – mentalement –, ça ne me calme pas. Si ça continue, je vais, ou vomir, ou défaillir. À tel point que j'hésite à désigner la grille de la villa pour que Sophie se gare. En fait, nous allons la dépasser lorsque je me décide enfin. La jolie métisse pile d'un coup, ce qui n'apaise pas ma pseudo nausée.

Sophie recule un peu et nous observons la somptueuse maison qui se dresse au bout de l'allée. Le portail est fermé.
— La vache ! Et c'est juste la maison de vacances ?
— Oui.

— Ah ouais, quand même. Ils se font plaisir, quoi.

Je repense aussitôt aux insinuations de Céline. Elias est-il vraiment intéressé par son argent ? Et si elle le sait, pourquoi le garde-t-elle ? Ça ne colle pas. Ni avec l'un ni avec l'autre. Ce n'est pas leur genre. Ou alors, je me serais totalement fourvoyée.

Il me semble que Sophie me parle.

— Pardon, tu disais ?

— T'es prête ?

— Non, mais bon…

Alors que Sophie recule pour se garer, on nous klaxonne. Le cabriolet derrière nous a failli nous rentrer dedans. Sophie jure et se penche par la fenêtre.

— Ça t'arrive de regarder devant toi ?!

— Et toi, tu ne regardes pas avant de reculer ?

Je fais un bond sur le siège. Je connais cette voix.

— C'est pas parce que t'as une épave qu'il faut faire de la merde !

Sophie grogne mais n'a pas le temps de répliquer.

— Gabriel !

Sophie se tourne vers moi puis elle se repenche par la fenêtre alors qu'il klaxonne une nouvelle fois, impatient.

— Oh ça va !!! C'est toi Gabriel ?

Je me tourne pour le regarder et le vois qui fixe Sophie l'air de se demander s'ils ont eu une aventure ou quelque chose du genre.

— On se connaît ?

Il s'est radouci.

— Pas encore. Faut qu'on voie ta sœur.

— Qui ça « on » ?

Il scrute la voiture. Et repère visiblement ma chevelure rousse côté passager.

— Bordel ! Émilie !

Laissant sa voiture à l'arrache, il sort pour nous rejoindre et nous l'imitons.

— Putain, Émi…

Il n'a pas l'air en colère mais peiné, déçu même, ce qui accroît considérablement mon malaise.

— Si Céline te voit, elle va te déchirer.

J'observe mes pieds. Comme s'ils pouvaient me sauver ou m'apporter quelconque réconfort. Tu parles. Non seulement les pieds c'est moche mais ça ne sert pas à grand-chose. Enfin si, mais bon, bref. Je divague. Sophie se plante à mes côtés, mode protectrice.

— Pourquoi t'as fait ça ?

— Je…

— Elle avait prévenu ta sœur.

Gabriel regarde Sophie. Il ne répond pas de suite. J'en profite pour relever la tête et remarque qu'il se retient de sourire. Je regarde alors ma meilleure amie… qui le mange des yeux ou je rêve ?! C'est pas possible ! J'aurais franchement rigolé si la situation n'était pas aussi merdique.

Je me racle la gorge pour leur rappeler que je suis là et tente de m'expliquer.

— J'avais envoyé un message à Céline la veille pour lui dire que je craquais pour Elias et que je me sentais mal, que je préférais ne plus les voir.

Gabriel reporte son attention sur moi.

— Sérieux ?

— Oui. Et sur le coup j'ai cru qu'Elias lui avait dit aussi. Mais j'ai compris que non et je lui ai demandé de rompre. Il m'a promis de le faire et… Je sais que ça ne m'excuse pas.

— Tu parles d'une histoire ! Mais elle n'a pas eu ton message. T'es sûre que tu lui as bien envoyé ?

— Oui, regarde.

Je sors mon portable et lui montre le message. Il le lit et secoue la tête.

— Elle n'a plus ce numéro. On lui a volé son iPhone l'autre jour, tu te rappelles ?

Mes épaules s'affaissent. Je n'avais même pas enregistré le nouveau numéro.

— J'avais totalement oublié… Tu pourrais lui dire que je veux m'expliquer ?

— Je ne suis pas certain qu'elle voudra te voir.

Je soupire, dépitée.

— Et Elias ?

— Je reviens de l'aéroport, son avion est parti.

— Comment ça « son avion est parti » ??

Ça, c'est Sophie. Moi, je reste bouche bée, incapable de réagir. Pourquoi est-il parti au lieu de me rejoindre ? C'est comme si je me recevais une nouvelle gifle.

— Ma sœur ne voulait plus le voir du tout.

— Quel connard !

Gabriel hausse les épaules et me regarde.

— Émi', t'en trouveras un mieux, crois-moi.

Mais je n'écoute plus. Je me laisse choir contre la voiture. Gabriel et Sophie discutent mais je n'entends rien. Je passe par un nouveau panel d'émotions : choc, dépit, colère. La tristesse et la honte, elles, sont encore plus fortes. Tout ça pour ça…

— Kaye ?

Je lève mes yeux rougis vers Sophie.

— On s'en va.

Je jette un œil vers Gabriel, il remonte dans sa voiture.

— Je suis désolée.

— C'est comme ça.

C'est sûrement ce qu'on mérite quand on saute sur le mec de sa copine. J'ai tout gâché et pour rien. Du vent.

Nous rentrons en silence et Sophie va faire une sieste bien méritée. Tournant en rond, je finis par sauter sur le PC et chercher Elias dans les contacts de Céline. Aucune trace. Elle l'a certainement viré de ses amis. Moi aussi, je n'y suis plus. Je fais une recherche parmi un nombre incalculable d'Elias : introuvable. Il n'a pas de Facebook ? Je cherche sur les pages blanches tous les Elias à Paris. Ce soir ou demain j'appellerai. Ou pas.

Qu'est-ce que tu cherches encore, pauvre fille ?

J'envoie balader mon portable. C'est ridicule. Je suis pathétique. Il m'a baratinée, voilà tout. Et comme une cruche en mal d'amour, j'ai plongé la tête la première. J'aurais dû me douter qu'un mec aussi beau, parfait, ne pouvait pas s'intéresser à une fille comme moi. Vive la déprime !

La journée défile sans que je prête attention aux heures. J'en ai même oublié de manger. Lorsque Sophie me lance que nous allons sortir, je refuse. Mais elle ne l'entend pas de cette oreille, comme toujours.

— Oh que si, ma Kaye ! On va aller manger un truc et se saouler à la Piña !

— Je n'ai pas…

— Je ne veux rien entendre. Tu es déprimée, je comprends, mais on ne va pas rester ici à fixer les murs comme deux morues.

Ça me paraît pourtant être un programme adéquat.

— Je suis désolée. Je ne veux pas gâcher tes vacances mais…

— Tu ne gâches rien du tout, mais je refuse de te regarder sombrer.

Je te connais trop ! Alors on va sortir et si vraiment je n'arrive pas à te faire passer une bonne soirée on rentrera. Laisse-moi deux heures. D'accord ?

Je sais que je ne gagnerai pas.

— Ok.

Impossible de lutter. Je n'ai ni la force ni l'envie. Je me sens comme une vieille loque moisie.

Sophie m'embrasse et après un bon repoudrage de nez, nous sortons.

— Au fait, Gabriel.

— Eh bien ? me répond-elle mine de rien.

— Il t'a plu ou j'ai rêvé ça aussi ?

— Je crois qu'on se kiffe bien.

— Sacrée Kaye ! Et ton mec ?

— Oh mais je ne t'ai pas dit, c'est vrai ! Je l'ai jeté.

— Comment ça ?? C'est plus l'homme de ta vie ?

— Quand je lui ai dit que je venais, il n'a pas compris. Lui, il peut aller voir ses parents mais moi, je ne dois pas soutenir mon amie. Il a rêvé ! Sale égoïste.

— Juste pour ça, c'est fini ?

— Non mais attends ! Il m'a fait une crise et tout. Il n'a pas d'ami, il ne sait pas ce que c'est.

— C'est ma faute.

— Je t'arrête tout de suite. Tu m'as évité de perdre mon temps.

Je suis admirative. Sophie voit toujours le positif et fonce. Moi, je ne suis qu'une pleurnicharde flippée de tout. Ça doit cesser. Je me reprends.

— Et Gabriel, tu as chopé son numéro ou quoi ?

— Non. Mais il sait où me trouver, je suppose.

Elle me fait un clin d'œil et nous montons en voiture.

Sophie a raison : sortir est le meilleur des remèdes. Certes, je pense à Lui mais je ne passe pas mon temps à me morfondre. Je m'amuse même un peu. Grâce à ma Sophie.

Je lui dis avant de nous endormir.

— Sans toi, je ne sais pas ce que je ferais.

— Je ne veux même pas imaginer !

Elle rit et me donne un petit coup d'épaule. Puis elle me prend la main.

— T'es pas ma Kaye pour rien !

Je tourne la tête vers elle et souris. Je lui sers la main.

— Et toi, tu es ma sœur.

— Toi aussi.

J'en ai les larmes aux yeux. On reste là, à se regarder sans plus rien dire, jusqu'à ce que le sommeil nous emporte. Tout ira bien. Je sais que, quoiqu'il arrive, jamais elle ne m'abandonnera. Elle est ma famille.

16. J'ai le coeur grenadine.

Pendant deux jours, j'ai l'impression de vivre à côté de mes pompes. Sophie fait tout pour me remonter le moral et au moins, je n'ai pas sombré comme avec l'autre : Clément.

Nous sommes sorties, nous sommes allées à la plage, nous avons fait du shopping. Toutes ces activités m'ont comme maintenue à la surface. Mais Sophie doit déjà repartir à Paris. Elle est venue avec la voiture de son mec, enfin ex ! Alors forcément, il est encore plus furieux et il a fini par la menacer d'aller porter plainte.

— Je vais revenir dans deux jours max, ma Kaye.

— Non, laisse tomber, je vais voir avec Carole et Lukas pour la maison. J'ai envie de rentrer.

— T'es sérieuse ? Tu ne préfères pas profiter encore de la playa ?

— Ça ne me dit rien… Je pense trop à lui ici alors qu'à Paris, on n'a pas de souvenirs.

— Je comprends.

— Je suis désolée, on pourra aller à Honfleur si tu veux.

— T'en fais pas pour moi, tu sais bien que je préfère la piscine.

Sophie me caresse le bras pour me rassurer.

— On ira même au parc Astérix et Disney, depuis le temps qu'on en parle ! Et tu me traineras dans le grand huit.

— T'es vraiment la meilleure des amies.

— Parce que j'ai la meilleure des amies !

Nous nous sourions. J'ai le cœur gros de la laisser partir. Sophie s'inquiète pour mon retour.

— Comment tu vas rentrer du coup ?

— En train, comme à l'aller.

— Alors je viendrai te chercher à la gare, tu me donneras les infos. Tu veux que je ramène Gibbs ?

Je la regarde, surprise, même mon petit chat roux dresse les oreilles avec une mine curieuse.

— Tu n'as plus peur du monstre ?

— Si, mais bon… Ce serait plus pratique pour toi. Et puis, il sera dans sa cage, je lui ouvrirai une fois chez toi après lui avoir mis à boire et à manger. Puis je prendrai la fuite.

Je ris de bon cœur. J'imagine trop la scène. Le lâcher du fauve !

— Je me disais aussi ! Mais non, mon roukmoute va rester avec sa maman.

Le nez de Sophie se retrousse, un peu écœurée. Elle aime bien les animaux mais pas à ce point, et chez les autres surtout.

— Maman… T'es dingue.

— Oui ! Je finirai seule avec mes dix chats.

— N'importe quoi ! Au pire, tu te paieras un beau gosse de 20 piges.

— Faudrait que je sois riche.

— Un moche alors.

Je lui mets une tape sur l'épaule et la suis dans le jardin.

— Au fait, Gabriel ?

— Bah quoi ?

— Comment ça « bah quoi » ? Je suis peut-être déprimée mais pas aveugle. Genre il était dans le même bar que nous par hasard à chaque fois ?

Sophie se retient de rire. Son regard brille de malice.

— Oui, oui.

— Mytho !

— Je l'aime bien, voilà.

— Ça, j'avais compris. Tu vas le revoir ?

— Peut-être. Il sait où me trouver, encore une fois.

— Pas si tu pars.

Sophie me lance un regard qui en dit long.

— Tu lui as filé ton adresse ?

— Non, mais s'il n'est pas bête, il saura comment l'obtenir.

— Haaan ! Maligne !

— C'est un coureur, donc faut qu'il coure. Sinon, il va me zapper en 2-2.

— C'est pas faux.

Nous voilà arrivées à la voiture. Sophie lance son sac sur la banquette arrière et referme la porte pour me prendre dans ses bras.

— Ça va aller, ma Kaye. Je vais nous prévoir plein de trucs à ton retour.

Je la serre plus fort. J'ai envie de pleurer. Comme si c'était un adieu. C'est complètement idiot.

— Merci, ma Kaye.

Nous nous embrassons et Sophie prend la route. Je la regarde s'éloigner et quand la voiture disparaît, je retourne dans la maison. Avec les chats. Plus le poisson.

Et je pleure un bon coup, encore.

17. La vie c'est comme une boîte de chocolats. Faut pas laisser les autres te la bouffer !

Quelques heures plus tard, j'ai pu joindre Lukas, qui s'est trouvé bien attristé pour moi et a promis de venir me voir sur Paris à son retour. Il est d'accord pour laisser la maison aux bons soins de ses voisins, s'ils acceptent. Carole a, elle aussi, été touchée par la mauvaise nouvelle et a accepté volontiers de prendre le relais pour les chats, poissons et plantes. L'affaire est donc réglée et je regarde les billets de train pour rentrer lorsque la sonnette retentit. Je sursaute. Il est déjà 21 heures. Qui ça peut être ? Évidemment, il faut aller voir pour obtenir une réponse mais je cherche à deviner. Carole ? Gabriel peut-être ? Pas Clément, par pitié !

Je me lève lentement et la personne sonne une nouvelle fois, de manière plus insistante. Sûrement pas Carole. Elias ? Non, non, je chasse cette idée, c'est impossible. Je ne veux pas nourrir de faux espoirs. J'ai eu du mal à voir mourir les précédents.

Je reste sans voix en découvrant Céline. Mon estomac se noue et je m'attends à recevoir une gifle magistrale, et méritée. Mais rien ne vient. La grande blonde me fixe et finit par me demander si elle peut entrer pour discuter. Malgré l'angoisse, je l'invite et nous nous retrouvons dans le salon. L'ambiance est tendue comme un string !

— Tu veux boire un truc ?
— Oui, je veux bien. T'as un truc fort ?

Ouh la… ça ne sent pas bon, ça.

— Euh, oui.

Je prends la bouteille de vodka dans le congélateur et deux verres. J'en aurai sûrement besoin aussi, tout compte fait. Je nous sers et

Céline prend direct une bonne gorgée. Pour l'instant, je l'observe, comme médusée, et finalement je me lance. À mon tour de faire un pas.

— Céline, je…

— Non, laisse-moi commencer.

Je me ratatine sur mon fauteuil comme une petite fille même si le ton n'est pas agressif. Je prends une gorgée de vodka.

— Gabriel m'a parlé. Il m'a expliqué pour le texto.

Je me détends légèrement. Très légèrement.

— Ça n'excuse pas tout.

— C'est vrai.

— Ce soir-là, j'étais venue pour que tu m'aides.

Je fronce les sourcils. À quoi donc ? Mais Céline boit au lieu d'enchaîner, me laissant suspendue à ses lèvres.

— Je… J'avais repensé à ce que tu m'avais dit à propos du mariage et… oh putain, je ne sais même pas par quel bout commencer !

— Le début ? proposé-je d'une voix timide.

Céline me lance un regard indéchiffrable et hoche la tête.

— Oui. C'est plus simple.

Elle prend une autre gorgée – qui vide son verre – et se ressert.

Je peux sentir la tension monter en moi avec l'impression que je vais finir par surchauffer comme une cocotte-minute et exploser.

— J'ai quitté mon ex parce que mes parents ne l'auraient jamais accepté.

— Oh !

Je suis vraiment choquée. Comme Céline a l'air de chercher ses mots pour poursuivre, je lui demande :

— Pourquoi ? Question de couleur ?

— Parce que Fred est une femme.

Je cligne des yeux. Je m'étais imaginé plein de trucs comme cette histoire d'échangisme et en fait, pas du tout ! Pourtant j'aurais bien dû m'en rendre compte !

— Tu es lesbienne ?

— Oui.

Je hoche à mon tour la tête et maintenant, plusieurs informations s'emboîtent dans mon esprit ; les scènes me reviennent en mémoire et je comprends enfin.

— Mais tu sors avec des mecs pour donner le change.

— Vite fait, ouais.

— Mais… tu voulais vraiment te marier avec Elias ?

— Je l'aurais fait pour avoir la paix, oui.

Je n'en reviens pas et surtout, je me sens vraiment mal pour Céline. En arriver là…

— C'est horrible… Tu aurais été trop malheureuse.

Céline hausse les épaules.

— J'aurais pu être avec une femme en douce.

— Mais, Fred ?

— Elle voulait qu'on se marie, que j'assume mais je ne pouvais pas. Et elle n'aurait jamais accepté que je sois avec un homme, même pour faire semblant.

— Pfiouu… Mais alors, attends, Elias, il savait ?

— Oui.

Encore une fois, je cligne des yeux et c'est à mon tour de prendre une gorgée de vodka pour encaisser.

— C'est une histoire de fou…. Il s'en fichait ? Je veux dire…

— Je le payais.

— Quoi ??!! Comment ça ?!

Je n'en reviens pas. Je n'ai rien vu venir, rien compris. Mais alors, vraiment pas. Je suis la reine des idiotes !

— Elias est un escort boy.

— Un quoi ?

Je me sens bête d'avoir posé la question. Pourquoi ça n'aurait existé que pour les femmes ? En plus, on en parlait ce matin même avec Sophie. C'est glauque !

— Un prostitué, si tu préfères. Mais de luxe. Et je ne couchais pas avec.

— La vache… C'est pour ça que tu m'as parlé d'argent.

— Oui, mais bon…

Céline pousse un soupir.

— Il s'en fichait de ton argent.

— Valait mieux, j'en ai pas…

— Émilie, je suis désolée.

— Tu n'as pas à l'être, c'est moi qui ai merdé. Je ne voulais pas te faire de mal.

— Je me doute, t'as toujours été gentille. Trop même.

Je hausse une épaule.

— Pas cette fois.

— C'est vrai, et encore, tu pensais m'avoir prévenue.

— Oui… mais, qu'est-ce que tu vas faire ? Pourquoi tu voulais mon aide ?

Céline rit de bon cœur.

— Tu vois, t'es trop gentille. J'ai fait fuir le mec dont t'es tombée amoureuse et tu veux m'aider.

— Bah… c'est normal…

— Viens à côté de moi.

Je suis surprise par le ton doux de Céline.

— Je ne vais pas te sauter dessus.

Rien à voir, j'avais plutôt peur qu'elle m'en colle une. Elle sourit et je viens m'asseoir près d'elle sur le canapé. Céline me prend les mains.

— Je vais tout dire à mes parents, mais je n'y arriverai pas sans soutien. Ça va être l'apocalypse.

— Gabriel ? Il sait ?

— Il s'en doutait, mais je ne lui ai avoué que tout à l'heure.

— Il ne veut pas te soutenir ??

— Si, mais… j'ai besoin d'une amie et t'es la seule que j'ai jamais eue.

J'en ai les larmes aux yeux.

— Je suis ton amie ?

— Oui. Si je t'avais expliqué, ça ne serait pas arrivé et si j'avais eu mon téléphone, j'aurais su. On ne choisit pas qui l'on aime, j'en sais quelque chose.

— Oh Céline…

Je la prends dans mes bras. Céline est d'abord surprise mais elle m'étreint en retour.

— Ça doit être difficile pour toi. Je vais t'aider, promis.

— Merci.

Nous discutons jusqu'au petit matin. Céline m'avoue même avoir été amoureuse de moi au lycée, ce qui explique sa possessivité maladive. Elle me parle de son mal-être, de sa relation avec Fred qu'elle aime toujours comme une folle, des problèmes avec ses parents ; nous pleurons plusieurs fois. Et Céline m'avoue aussi qu'elle a viré Elias en le menaçant de ne pas le payer et de le dénoncer s'il revenait. Je suis un peu soulagée de savoir que c'est peut-être pour ça qu'il n'a pas réapparu mais il aurait quand même pu donner des nouvelles…

Finalement, nous nous sommes endormies sur le canapé et sommes réveillées par les chats. Encore forte de cette soirée, Céline décide que c'est le bon moment pour affronter ses parents. Moi, je ne sais pas si je le suis. J'ai peur de leur réaction, de la mienne aussi. Les parents sont des êtres que j'ai du mal à comprendre, que je ne connais pas. La mère de Sophie est un amour ; les parents de Céline n'ont rien à voir. Ils sont visiblement trop vieux-jeu mais pourraient-ils vraiment renier leur fille ? Pourquoi et comment les parents décident-ils un jour que leur enfant ne mérite plus leur amour et les abandonne ? Je ne comprendrai jamais. Alors je suis stressée à mort. Mais quand il faut, il faut ! Je lui ai promis et cette fois, je vais être une véritable amie.

Nous nous préparons et allons ensemble à la belle villa. Gabriel est là, il a annulé son voyage en Espagne pour soutenir sa sœur. C'est un amour. Il tient vraiment à sa sœur. Il a l'air anxieux mais garde sa cool attitude habituelle. Ça m'aide à être moins crispée.

Après une présentation aux parents, ou plus un rappel de qui je suis, Céline déclare qu'elle doit leur parler. Comme ça, cash. Je pensais que ça prendrait plus de temps mais nous y sommes. Ses parents sont loin d'imaginer ce qu'elle a à leur dire et la suivent au salon, tout sourire. Céline tremble, je lui serre la main pour l'encourager. Gabriel regarde sa sœur, il y a de l'amour et de la fierté dans son regard. Je trouve ça tellement beau et fort, ça me fout les larmes aux yeux. Même si ça se passe mal, elle aura toujours son petit frère.

— Au fait, il n'est pas là le jeune homme que tu voulais nous présenter ? demande sa mère.

— Non et il ne viendra pas.

— Oh ? C'est déjà fini ?

Ça, c'est le père.

— Comment fais-tu pour ne pas savoir les garder, ma fille ?

Sympa la mère.

— Parce que je n'aime pas les hommes.

La bombe est lâchée. Ses parents l'observent sans comprendre. Ou si, mais pas comme il le faut.

— Comment ça, tu n'aimes pas les hommes ? Il t'a blessée mais ça passera…

— Non, maman, je m'en fiche de lui. La personne que j'aime s'appelle Frédérique et c'est une femme.

Ils n'ont toujours pas l'air de comprendre. Je ne dis rien, je serre toujours la main de Céline. Je m'attends au pire.

— Je suis lesbienne.

Et là, c'est le drame. Sa mère pousse un cri outré, son père reste interdit. Tout le monde attend la suite. Ouragan ? Tsunami ? Pire ! Son père se lève et quitte la pièce sans un mot. De ce que je sais, les pères sont doués pour fuir… J'en ai encore la preuve. Sa mère soupire puis l'accuse de tous les maux. Jamais je n'aurais pu penser qu'une mère puisse s'adresser de la sorte à sa fille, la rabaisser, juste pour une histoire de sexualité.

C'est horrible. Est-ce que la mienne est de ce genre ? Si oui, elle a bien fait de me laisser. Je ne sais pas comment Céline parvient à se maîtriser. Jusqu'à ce que sa mère dise clairement qu'elle n'est plus leur fille. Je ressens le choc de cette déclaration et vois mon amie tressaillir. Je ne peux m'empêcher de prendre sa défense.

— C'est votre fille ! Elle n'a pas changé, et elle a tout fait pour vous plaire. Vous ne pouvez pas la rejeter pour une histoire de sexualité ! Vous ne pouvez pas ne plus l'aimer juste pour ça ! C'est votre bébé ! Quel genre de personne êtes-vous ? L'amour d'une mère est inconditionnel ! Regardez-la ! Vous ne pouvez pas l'abandonner !

Ma voix tremble, je hurle presque. J'ai mal pour Céline et j'ai comme une impression de transfert. J'en veux à cette femme, j'en veux à ma mère mais à elle je ne peux pas parler. Malheureusement, mon intervention ne sert à rien, ou peut-être à empirer les choses. Gabriel cherche également à calmer sa mère mais elle devient hystérique. Elle veut que Céline s'en aille et c'est ce qu'elle fait sans attendre. Gabriel se plante devant sa mère et la fixe, le regard sombre.

— Si tu la laisses partir alors moi non plus, je ne suis plus ton enfant.

Il ne crie pas ce qui le rend encore plus flippant, menaçant. La mère reste bouche bée et Gabriel part aussi. Je les suis aussitôt et nous quittons la maison tous les trois, sans un mot de plus. Tout s'est écroulé si vite, comme un château de cartes. La vie, c'est ça. On se croit à l'abri, on est heureux et un coup de vent peut tout balayer en un rien de temps.

Nous allons chez Lukas, chacun perdu dans ses pensées. J'espère que ça pourra s'arranger pour eux, que leurs parents vont se ressaisir et se foutre du qu'en dira-t-on, zapper leurs préjugés ou homophobie. D'ailleurs, je n'aime pas ce mot. On ne peut pas avoir peur des homo, c'est complètement con ! Ne pas les supporter et les rejeter, voire les persécuter, ça s'apparente plus à du racisme. Et à de la connerie, surtout. Bref. Je ne comprends pas que des parents puissent oublier le lien qui les unit à leurs enfants juste pour ça. Qu'est-ce que ça peut faire ce qui se passe dans notre lit ? Et ma mère, pourquoi a-t-elle décidé que je ne serais plus sa fille ? Je ne me souviens pas à avoir fait de bêtises ni quoi que ce soit qui puisse la blesser... Je n'aurai sans doute jamais de réponse.

Dans la soirée, j'accompagne Gabriel chercher leurs affaires. Pendant que j'essaie de rassembler toutes celles de Céline, il s'occupe des siennes. Je peux entendre sa mère essayer de lui parler mais comme elle n'a pas changé d'avis pour sa fille, il refuse tout net. Il reste solidaire.

En quittant à nouveau la maison, j'essaie de le rassurer.

— Ils vont bien finir par ouvrir les yeux et réaliser qu'ils ne veulent pas vous perdre pour ça.

— Ce sont de vieux cons, je ne suis pas certain qu'ils s'y fassent.

— Quand même, ce sont vos parents. Là, c'est le choc...

— On verra ! Au moins ils n'ont pas parlé de nous déshériter.

Je le regarde pour voir s'il plaisante et il éclate de rire.

— Faut pas se mentir, ça me foutrait bien dans la merde.

Je lève les yeux au ciel.

— Je ne comprends pas tout ça.

— Tant mieux, crois-moi. Tu n'as pas eu tes parents mais t'aurais pu avoir les miens.

— T'es dur.

— Céline ne t'a pas raconté des trucs ? Comment ils étaient avec elle ?

— Si.

— Alors ?

Je soupire.

— Ce sont de vieux cons.

— On est bien d'accord. Bon, sinon, elle va revenir quand Sophie ?

— Tu ne perds pas le nord, toi !

— Jamais ! Alors ?

— Elle ne revient pas, je devais rentrer aujourd'hui et du coup j'ai repoussé.

D'ailleurs Sophie a halluciné quand je lui ai raconté, me cachant dans la salle de bains pour le faire.

— On va tous rentrer alors !

— Elle te plaît vraiment ? Parce que je n'ai pas envie que…

— Émi, je ne vais peut-être pas me marier avec mais promis, je ne vais pas jouer.

— T'as intérêt sinon je t'éclate !

— Ouh, j'ai peur !

— Tu devrais ! N'oublie pas ce que je sais faire.

Je le frappe aux côtes, pour la forme et il éclate de rire. Ça fait du bien.

18. Et puis un jour…

    Je suis de retour dans mon petit appartement depuis quelques heures à peine. Affalée sur le canapé, je n'ai même pas pris le temps de défaire ma valise. Gibbs, lui, dort sur le canapé, comme s'il n'avait pas assez roupillé pendant le trajet. Trajet qui a été long en voiture mais très sympa.

Gabriel, Céline et moi avons encore beaucoup discuté, beaucoup ri aussi et même si j'ai le cœur en miettes, je suis heureuse d'avoir de nouveaux amis. Nous devons nous revoir dès demain chez Céline pour que je lui présente Sophie et que Gabriel puisse enfin la revoir. Je ne sais pas ce que ma meilleure amie a pu lui faire mais il a l'air complètement accro. Quelle veinarde ! Non, pas d'apitoiement sur soi, c'est fini ! Je dois positiver. Il y en a bien un quelque part pour moi. Il faut juste que je sois patiente.

Et que je défasse mes valises. Dans un soupir, je me lève pour la corvée que personne ne fera pour moi.

En tenue de ménage, c'est-à-dire : un short taché lors de la mise en peinture de mon appart, un débardeur délavé avec un Bisounours dessus et une queue de cheval qui ne ressemble pas à grand-chose, j'ai l'impression que je ne verrai jamais le bout de mon rangement. Pourtant, je n'ai pas acheté tant de choses que ça en vacances. Mes vêtements sont éparpillés sur le Clic-Clac que je n'ai pas replié et je m'attaque aux livres quand on frappe à la porte. Je regarde l'heure : Sophie ne doit venir qu'en début de soirée. J'hésite mais, vu la musique, difficile de faire croire que je ne suis pas là.

— Pourvu que ce ne soit pas la chieuse d'en dessous.

Les livres dans une main, j'ouvre la porte d'un air blasé. Mon cœur manque un battement et les bouquins se retrouvent par terre.

— Salut.

Je suis incapable de parler. Il est là devant moi, devant ma porte !!! Encore plus beau que dans mes souvenirs.

Combien de temps restons-nous ainsi à nous fixer ? Aucune idée. Mon cerveau bataille entre l'envie de lui sauter au cou et celle de le gifler. Je pourrais faire les deux ?

— Est-ce que je peux entrer ?

Sa voix suave me fait sursauter.

— Euh… je suppose… oui…

Je le laisse passer, passant la main dans mes cheveux et me rappelant de sa dégaine anti-sexe, merde. Je referme la porte.

— Qu'est-ce que tu fais ici ?

Aucune animosité dans ma question, juste de l'incompréhension. Il se tourne vers moi et plonge son regard noisette dans le mien. Je sens mon bas-ventre se contracter mais je tiens bon.

— Je voulais t'expliquer.

— Ah. Mais Céline l'a déjà fait.

— Elle ne t'a expliqué que sa partie.

Il se rapproche et j'ai des frissons.

Mais je repense aussitôt à la dernière fois qu'il était près de moi. La colère me gagne. La douleur aussi. En fait, elle n'est jamais partie.

— Pourquoi t'es parti ? Tu m'avais promis !

Ma voix s'est brisée malgré moi. Il avance encore mais je recule. Si je le laisse trop m'approcher, je ne pourrai plus réagir. Il est ma kryptonite.

— Je te demande pardon, Émilie. J'étais obligé de la suivre mais je…

— Pour l'argent ?

— Pour le contrat. Et oui, pour l'argent.
— Tu es si vénal que ça ? Moi je n'ai pas d'argent. Tu peux repartir tout de suite !

Je me suis emportée d'un coup et il me lance un regard blessé.

— Je m'en fiche que tu n'en aies pas. Ce n'est pas pour ça que je t'aime.

J'allais ouvrir la bouche mais les mots meurent avant d'avoir atteint mes lèvres. Il a vraiment dit qu'il m'aimait ? Je n'ai pas fantasmé ?

Elias franchit la distance entre nous et prend délicatement mon visage en coupe.

— S'il te plaît, laisse-moi t'expliquer.

Je dépose les armes en une fraction de seconde. Tu es faible, ma pauvre fille !

— D'accord.

Comment pourrais-je refuser ? Il sourit timidement, ce qui le rend encore plus craquant, et prend une grande inspiration avant de se lancer :

— Je suis barman, ça c'est vrai. Et à côté, je suis escort. J'ai commencé il y a deux ans pour payer les dettes de ma mère. Quand mon père est mort, elle a pété les plombs et elle a contracté plusieurs crédits, elle achetait tout et n'importe quoi. Elle s'est foutue dans la merde avec les sociétés de crédit, les impôts, plus des mecs un peu louches. Bref, il nous fallait des grosses sommes et vite. Je ne suis pas vénal, je n'ai pas de grands moyens et ma mère vit avec moi car elle ne peut pas encore se prendre un logement. Je suis parti avec Céline car je voulais qu'elle me paye, j'en avais besoin.

J'ai imaginé des tas de raisons mais pas celle-là. Je n'ai pas non plus réalisé à quel point ça devait être horrible de se vendre.

— Elias… je ne sais pas quoi dire… c'est…
— Tu n'es pas obligée de dire quoi que ce soit. Mais il faut que je te

pose une question.

Je le regarde, surprise.

— Est-ce que tu veux bien me donner une chance ?

— Oui.

C'est sorti tout seul. Sans réfléchir. Totalement spontané. Seulement…

— Mais… je vais avoir du mal à supporter que tu voies des… enfin, tu vois.

Il retrouve son sourire qui me rend folle.

— On ne doit plus grand-chose. Je vais faire des extra. Et si ça n'avait pas été le cas, je me serais débrouillé. Je n'ai pas envie d'en toucher une autre que toi.

Je me sens toute chose rien qu'à l'imaginer faire. Et comme s'il lisait dans mes pensées, il m'attire vers lui et je lâche mes livres ; ma respiration s'accélère d'un seul coup. Il s'arrête à quelques millimètres de mes lèvres et les caresse avec les siennes, laissant traîner celle du bas avant de me mordre doucement. Il laisse ses dents racler cette parcelle de peau humide avant de me regarder une dernière fois. Je croise son regard un instant puis je ferme les yeux, m'offrant pleinement à lui. Il plaque sa bouche pour un baiser fougueux. Sa langue cherche la mienne pour la caresser, l'enlacer. La pression sur ma nuque se fait plus forte et je sens ma culotte se tremper. C'est comme mimer l'acte sexuel juste avec un baiser. Promesse de moments torrides, à n'en pas douter.

Elias égare une de ses mains sur ma cuisse et s'arrête au bas de mon short. Il la masse, comme un signe de retenue et d'impatience. Une boule de tension prend naissance au cœur-même de mon être et monte en moi comme une furie, se répandant dans mes veines telle une drogue puissante. L'envie de déchirer ses vêtements et qu'il me prenne là, contre la porte me traverse l'esprit mais il en est hors de question.

Je veux faire durer ce moment tant attendu mais d'un autre côté…

Depuis notre rencontre, j'ai tenté de contenir mon trouble en sa présence, ce désir de le toucher, de le sentir. Combien de fois me suis-je réveillée le matin, marquée par l'érotisme de mes rêves ? À ce moment précis, plus question de contrôle ni résistance. Le désir me ravage à un point qui me surprend moi-même. Avec lui, toutes mes sensations sont démesurées. Fondant littéralement, mon souffle s'accélère dans ma poitrine. Je m'accroche aux bras musclés, comme si je risquais de tomber. Mes mains se faufilent sous le T-shirt d'Elias, désireuses de toucher chaque centimètre de sa peau dorée. Je lui griffe le dos, ce qui lui arrache un grognement de plaisir.

Soudain, je suis soulevée. Elias me porte jusqu'au canapé et m'allonge dessus, se moquant des fringues qui l'envahissent. Je quitte alors ses lèvres gourmandes pour lui faire retirer ce haut qui me gêne tant. Je me mords la lèvre en redécouvrant son torse parfaitement musclé. Mes mains le caressent et descendent pour déboutonner son jean. Ma respiration s'accélère encore un peu à l'idée de ce que je vais découvrir. Il me laisse baisser le jean mais avant que je ne fasse descendre son boxer, il me fait lever les jambes pour retirer mon short. J'ai encore une culotte tout sauf sexy mais ça ne paraît pas le déranger le moins du monde. Il garde mes jambes sur ses épaules, et embrasse mes mollets, mes genoux, l'intérieur de mes cuisses. Il descend petit à petit vers mon intimité. Il y a déjà une odeur de sexe dans l'air, de quoi éveiller mes sens déjà bien alertes. Il se décale un peu et se retrouve quasiment allongé entre mes cuisses. Il passe sa langue sur ma culotte humide et je pousse un petit cri. Il décale lentement le tissu pour enfin me goûter. Je me retiens de hurler. Il joue avec sa langue sur mon bouton rosé, tournant autour, l'effleurant, le titillant. Il glisse un doigt dans mon jardin secret. Il le bouge d'abord doucement avant de faire des va-et-vient avec un deuxième doigt. Sa langue continuant de jouer avec mon clitoris. Cet homme me rend folle ! Je lui tire les cheveux en gémissant de plaisir. Je me cambre pour m'offrir plus encore. Je sens l'orgasme monter en moi et ne peux le contenir. Mon corps se tend sous l'onde de plaisir absolu et j'ai un peu de mal à retrouver mes esprits. Je viens de découvrir le septième ciel, pour la première fois. Il paraît qu'on doit faire un vœu quand on réalise quelque chose pour la première fois… J'en fais un.

Quand enfin, je retrouve mon calme, Elias m'embrasse le ventre. Me laissant guider par mes désirs lubriques, je le repousse et le fais basculer à côté de moi. Avec une agilité que je ne soupçonnais même pas, je termine de le déshabiller et passe sur lui. Il me regarde faire, je peux lire l'excitation dans ses yeux, et de la tendresse. Jamais on ne m'a regardée comme il le fait. Je veux le faire vibrer comme je vibre. Avec une certaine sensualité, je retire mon propre haut, libérant ma poitrine. Elias ne perd pas une seconde et vient effleurer mes seins ronds et fermes, avant de les prendre en main. Cette sensation délicieuse me fait soupirer. Et lorsqu'il titille l'un de mes tétons, je gémis de plaisir, et de surprise. Jamais auparavant les caresses sur la poitrine ne m'avaient fait le moindre effet. C'est comme s'il connaissait déjà mon corps.

À mon tour de le parcourir, de le goûter ! Me reculant un peu, je me penche pour embrasser son torse. Ma langue joue avec ses petits tétons durcis, je les mordille un peu en voyant qu'il aime ça. Puis je descends sur son ventre, passe la langue sur la fine ligne de poils sous son nombril. Je me sens approcher de son sexe dur et relève les yeux vers lui lorsque mes seins le caressent. Il me fixe, le regard flou. Je le sens à ma merci et ça m'excite encore plus. Délicatement, je prends son pénis en main et commence par donner des petits coups de langue sur son gland. Il rejette la tête en arrière et soupire. Alors je le prends en bouche et commence les va-et-vient, le massant en même temps.

J'y prends également plaisir.

Elias m'arrête avant de jouir et m'attire vers lui. Nous roulons sur le côté et il se retrouve à nouveau sur moi. Il me demande si j'ai des capotes. Je remercie Sophie de m'avoir forcée à en avoir et lui désigne le tiroir de ma table de nuit. Il tend le bras pour se servir et j'en profite pour embrasser goulûment son torse. Il ouvre le préservatif et je décide de l'aider. Je fais rouler le préservatif sur son sexe gonflé de désir. Je confirme : cet homme est parfait dans les moindres détails. Protégés, il me repousse doucement pour m'allonger. Nous nous embrassons, il frotte son pénis entre mes lèvres, je n'ai qu'une envie c'est qu'il soit en moi.

— Fais-moi l'amour.

Je le regarde, lui aussi. Je ne souris plus, c'est LE moment. Il me pénètre un peu sans me quitter des yeux.

— Redis-le.

— Fais-moi l'amour...

Alors dans un mouvement du bassin, je le sens qui vient en moi. J'ai comme l'impression d'être serrée, comme s'il me comblait entièrement et mes sensations s'en trouvent exacerbées. Il entame un rythme langoureux. J'essaie de maintenir le contact visuel mais c'est tellement bon que nous avons tous les deux du mal à garder nos yeux ouverts. Le souffle d'Elias se fait plus rauque, plus accéléré. Il me donne des coups de hanche plus virils, sauvages. Je gémis, c'est tellement bon. J'enroule mes jambes autour de lui, je me cambre pour le sentir encore plus profond. Une boule monte en moi, en lui aussi, je le sens, et finit par exploser. Elle nous inonde d'un plaisir puissant, incontrôlable, qui fait trembler tout notre être. Nous restons un moment sans rien dire, tremblants, vibrants.

Il m'embrasse dans le cou et se stoppe soudainement pour me regarder.

— Je ne t'ai pas dit…
— Quoi ?

Je panique. Quoi encore ? Il ne va pas me sortir un autre truc de dingue ?

— Je m'appelle Virgil, en fait.

J'éclate de rire, nerveusement. Ce n'est que ça !

— Tu m'as fait peur !

J'aurai peut-être du mal à m'y faire mais ce n'est rien qu'un prénom.

— Il y a d'autres choses que je dois savoir ?
— Je suis fou de toi mais tu le sais, je crois…

Je souris et l'embrasse tendrement. Il glisse à côté de moi et fait disparaître le préservatif. Je viens alors me blottir contre lui, enivrée par son odeur soudain bestiale. Il m'enlace et me serre contre lui. Je pourrais rester là pour l'éternité. Je me sens tellement bien. Sereine. En sécurité. Il frotte son nez contre mon front et je me redresse un peu pour pouvoir le regarder. C'est mon mec.

MON MEC.

Il m'aime.

Moi aussi.

— Je t'aime. Je t'aime, Virgil.

Il sourit et fond sur moi pour m'embrasser. Rapidement, je sens ses mains s'égarer et je ne m'en plains pas : j'en veux encore !

J'ai l'impression que jamais je ne serai rassasiée !

Epilogue. Et ça continue encore et encore…

— Non mais vous êtes intenables, tous les deux !

Je regarde Virgil et éclate de rire. Sophie vient de nous surprendre, cachés dans la réserve, en train de nous rhabiller en vitesse. Je peux le dire avec certitude : ma vie sexuelle n'a jamais connu une telle activité depuis que nous sommes ensemble. Ma vie entière a été chamboulée !

Virgil n'a rien à voir avec les autres. Il est toujours aussi attentionné, il ne se moque pas de mes angoisses et il sait les calmer, les appréhender. Il a tenu chacune de ses promesses. Nous vivons ensemble depuis plus d'un an et j'aime jusqu'à ses petits défauts. Oui, il en a, sinon ça ne serait pas drôle ! Surtout que j'en ai beaucoup. Mais il les accepte, il m'aime telle que je suis.

— Magne-toi ! Céline nous attend. Elle frôle l'hystérie, je ne sais plus quoi faire !

J'embrasse mon homme et suis Sophie à travers les couloirs du manoir, elle me fait presque courir. Je ne suis toujours pas sportive.

— Ce n'est pas ma faute ! T'as vu comme il est sexy dans son smoking ?

Sophie lève les yeux au ciel mais elle sourit.

— Vous êtes des obsédés, c'est tout.

— Ah parce que Gabriel et toi, non ?

— Rien à voir.

— Parce que vous n'êtes pas en couple ?

— Voilà. C'est ça !

— D'ailleurs, vous vous déciderez quand ?

Sophie hausse les épaules et pousse la porte d'une des suites. Céline apparaît dans sa magnifique robe de mariée. Comme les choses ont évolué pour chacune d'entre nous depuis deux étés.

— Émilie ! Enfin tu es là ! Regarde cette coupe, je suis affreuse !

— Tu vois… Elle me rend folle, me souffle Sophie.

Je m'approche de Céline.

— Elle est parfaite ta coupe ! Tu vas être la plus belle des mariées. Respire…

Céline inspire, expire, puis panique à nouveau.

— Mon père ? Il est arrivé ?

— Oui, tes parents attendent avec ton frère.

— Et Fred, elle est où ? Quelqu'un l'a vue ?

Je la prends par les épaules. Je suis témoin et demoiselle d'honneur, je joue mon rôle à fond.

— Ma chérie, regarde-moi. Voilà. Tout est prêt, tu vas vivre le plus beau jour de ta vie et tout va bien se passer.

La porte s'ouvre à nouveau, et Lukas apparaît dans l'encadrement de la porte.

— On a dit pas d'hommes ici !! lui crie Sophie.

— C'est moi, ça ne compte pas. Et je viens dire que c'est l'heure.

Je prends la main de Céline et Sophie prend l'autre. Nous nous regardons toutes les trois. Depuis son coming-out, Céline est vachement plus relax, fini ses crises de possessivité. Sophie et elle s'entendent super bien – même si ma meilleure amie me demande parfois si elle est toujours ma numéro 1. Évidemment que oui. Mais pour l'heure, la femme du jour c'est Céline.

Les lèvres de la mariée tremblent.

— Arrêtez, je vais pleurer.

— Tu t'en fous c'est waterproof.

Sophie a toujours la solution à tout.

— Je vous aime, les amies.

— Moi aussi.

— Pareil, mes poulettes !

Un dernier câlin et nous accompagnons Céline aux jardins où nous la laissons à son père pour qu'il la mène vers la femme de sa vie.

S'il avait eu un choc lors de son coming-out, c'est finalement lui qui a arrangé les choses et fait le premier pas. Vieille école, mais il n'a qu'une fille et il l'aime de tout son cœur. Avec sa mère, c'est plus difficile mais elle fait des efforts, belle preuve d'amour quand même.

Je vais me placer avec Sophie, côté demoiselles d'honneur. En face de nous, nos hommes. Les personnes les plus chères à mon cœur sont toutes là aujourd'hui, pour le jour le plus important de l'une d'entre nous. Il y en aura d'autres. Nous sommes une famille. Et quand je vois Céline avancer vers sa future femme, je dois me retenir de pleurer.

Quelques heures plus tard, je danse un slow avec Virgil. Le mariage est aussi beau que dans les films américains. Céline a épousé Fred, ses parents ont mis un an avant d'accepter son homosexualité mais c'est fait. Sophie et Gabriel s'aiment mais ils ont trop peur de s'engager alors ils font semblant que non. Et moi, je suis là avec mon homme, tout est parfait.

— Qui aurait cru que ça finirait si bien ?
— Oui, c'est fou…

Il colle son front au mien. Comme toujours mon cœur bat plus vite à ses côtés.

— Bientôt, ce sera nous.

Je souris. Il m'a demandée en mariage il y a deux mois, je porte sa bague de fiançailles. Nous économisons pour nous offrir à notre tour le mariage de nos rêves.

— Oui, mais on a au moins deux ans, je pense.
— Comment ça ?
— Il faudra que je perde mes kilos.

— Tu rigoles, là ? Tu es parfaite ! Je les aime tes poignées d'amour, moi !

— Oh je ne parlais pas de ceux-là mais de ceux que je vais prendre.

Il me regarde sans comprendre. Je me mets sur la pointe des pieds.

— Tu vas être papa.

Virgil pousse un cri. Il a les larmes aux yeux. Moi aussi. Il me porte soudain et me fait tournoyer avant de m'embrasser. Je vais être maman. Le papa ne partira pas et jamais nous n'abandonnerons notre enfant. C'est le plus beau cadeau que la vie m'ait fait.

Je ne sais pas qui je dois remercier mais : MERCI.

CE ROMAN VOUS A PLU ?

Il n'y a pas de hasard.

Leia est une maman solo bien dans sa peau. Moi, un mec à qui la vie sourit.

Je ne croyais pas au coup de foudre, jusqu'à ce que je la rencontre à une soirée. Malheureusement interrompus avant de pouvoir échanger prénoms et numéros, je n'avais rien pour la contacter.
Elle croit au Destin, et moi, je vais le forcer. Jusqu'à la retrouver !

Elie & Leia ont tout pour être heureux : l'amour, les amis, la famille. Ils ont un passé aussi...
On dit que le véritable Amour est plus fort que tout. Ils sont décidés à le prouver.

REMERCIEMENTS

Ce roman n'aurait jamais vu le jour sans mes sources d'inspiration. Il y a un peu de chacune de mes amies dans ce roman. De quelques copains aussi ! Ils n'ont eu aucun mal à se reconnaître d'ailleurs et certain.es attendent même la suite. Mention spéciale à ma Kaye à moi : Pam ! Beach Please #2 sera le tome de Sophie, ça promet !!! Merci à toutes & à tous d'être dans ma vie et de la remplir de bons moments !

Merci à vous aussi qui me lisez pour la première fois ou qui me suivez depuis un moment. Je suis tellement heureuse de partager mes histoires avec vous !!!

Et si jamais vous avez téléchargez ce roman illégalement, soutenez-moi au moins en postant un commentaire positif sur internet. Sans rancune !

Je vous dis à très vite ! Prenez soin de vous.

Laeti.

Rêve ta vie en couleurs, c'est le secret du bonheur ! ~ Peter Pan

laetikaneauteure

laetikane

Beach Please #1 ~ Laeti Kane